「アレス様、どこまでもお供します」
「世界の果てを――師匠が見れなかった景色が見たいんです」
外れスキル持ちの主人公
アレス
アレス専属の有能なメイド
リナリー

「お兄ちゃんを導いて欲しいって頼まれてるんだ」
「それこそ世界の果てだって、追いかけてやるわ」
氷の剣姫の異名をもつ許嫁
ティア
アレスをデバッガーとして導く妹
リーシャ

外れスキル【チート・デバッガー】の無双譚《バトルログ》

～ワンポチで世界を改変する～

アトハ

ぶんか社

CONTENTS

一章　外れスキルの覚醒

「アレス・アーヴィン様のスキルは……【チート・デバッガー】です」

目の前に居る神官《しんかん》が、戸惑《とまど》ったようにそう言った。

今は女神様からスキルを授《さず》かる神託《しんたく》の儀《ぎ》の真っ最中である。

神託の儀とは、一五～一八歳の少年・少女を集めて、教会で女神様からスキルを授かる神聖な儀式だ。人々はスキルに合った天職《てんしょく》に就くのが幸せとされる。今後の人生に大きな影響《えいきょう》を与える重要な儀式であった。


僕――アレス・アーヴィンは、アーヴィン家の長男だ。

この神託の儀で、次期領主《じきりょうしゅ》に相応《ふさわ》しいスキルを手にすることを望まれていた。モンスターと戦争状態にある今、求められているのは戦いに役立つスキルだ。

「やはり男たるもの、剣を扱えないとな！　アレスよ、【剣聖《けんせい》】か【神剣使い】を授かるのだぞ！」

「何を言ってるんですか。これからの時代は魔法です、魔法！　【大賢者《だいけんじゃ》】の一択《いったく》です！」

両親は僕がどんなスキルを授かるか、楽しそうに話していた。有用なスキルを手にすることを疑っていなかったし、それは僕も同じだった。

それなのに――。

「ちーと・でばっがー？　それはいったいどんなスキルなんですか？」

聞いたこともないスキルに、僕は首を傾《かし》げた。

「分かりません、聞いたこともないスキルです。ですが神託書にも載っていないスキルとなると、恐らくは……」

「す、スキルを発動《はつどう》してみます！」

聞いたことのないスキルと、神官のあからさまな反応。嫌な予感を打ち消すように、僕はスキルを発動した。

『チート・デバッガー』

絶対権限：1

現在の権限で使用可能な【コード】一覧

↓　アイテムの個数変更　（▲やくそう▼）

手に入れたスキルは、本能《ほんのう》で使い方が理解できる。

僕がスキルを発動させるためのフレーズを呟《つぶや》くと、目の前に光り輝《かがや》く文字が現れた。祈《いの》るように『アイテムの個数変更』を人差し指で押すと、一筋の光と共に手の中にやくそうが現れる。

「これは……やくそう？」

近くに居た鑑定士《かんていし》が確認した結果、なんの変哲《へんてつ》もないやくそうだと判明《はんめい》する。

「アーヴィン家の長男が授かったスキルは、やくそうを出す能力？」

「なんじゃそりゃ？　やくそうなんて道具屋に行けば八Gで買えるぞ」

「間違いない。久々《ひさびさ》に見るが——外れスキルだ」

ざわざわと声が広がっていく。モンスターとの戦いの矢面《やおもて》に立ってきたアーヴィン家。その次期領主となるはずの長男が、よりにもよって外れスキルを手にしたという衝撃《しょうげき》は、瞬《また》く間に聖堂《せいどう》に広がっていった。

僕は思わず儀式を見守っている両親を振り返り、真っ青になった。両親は興味を失ったように、ゴミでも見るような目で僕を見ていたのだ。

「どけ、アニキ！」

呆然《ぼうぜん》とする僕を突き飛ばし、弟が神託の儀に挑む。

「ゴーマン・アーヴィン様のギフトは……おお!?　【極・神剣使い】です！」

神官が興奮《こうふん》したように叫んだ。無理はない。世界に数人と居ないと言われる【極・ギフト】持ちが目の前に現れたのだから。

「ゴーマン！　おまえはアーヴィン家の誇《ほこ》りだ！」

両親が歓喜《かんき》の表情を浮かべて、ゴーマンに駆け寄った。外れスキルを授かった僕のことなんて、もう視界にも入っていないようだった。

「外れスキル持ちなど、アーヴィン家の恥《はじ》さらしめ！　すぐに出ていけ！」

家に帰るなり、父上は僕にそう言い渡した。

「その通りだ。役立たずのアニキの代わりに、俺がこの家を継ぐ。おまえはもう必要ねえんだよ！」

さらには弟のゴーマンまで、愉快《ゆかい》そうにそんなことを言う。今まで僕に味方してくれた使用人も、もう次期領主である弟の味方だった。

「これまで、お世話になりました」

アーヴィン家の名に恥じない人間になろうと身につけた教養《きょうよう》も、血反吐《ちへど》を吐くような思いで磨《みが》いてきた剣の腕も。

――すべては無駄《むだ》だったのだ。

そうして僕は、アーヴィン家を追い出されたのだった。

アーヴィン家を追い出された僕は、街の中をとぼとぼと歩いていた。道行く人々から向けられる視線《しせん》も、心なしか冷たい気がした。

僕が期待を裏切り外れスキルを授かったことは、すでに領内《りょうない》に広まっているらしい。街を出て行く宛《あて》もないまま、僕は彷徨《さまよ》っていた。

とぼとぼ歩く僕の前に、ぷよぷよのゼリー状のモンスターの群れが現れた。

スライム――愛嬌《あいきょう》のある姿だが、これでも人を襲《おそ》うこともある立派なモンスターだ。

僕は一気に距離を詰めて剣を抜き、スライムを一閃《いっせん》した。両断《りょうだん》されたスライムは、そのまま光の粒子《りゅうし》となって消えていく。遠くの相手にはファイアボールを放ち、一瞬で蒸発《じょうはつ》させた。

「ふう、こんなものかな」

授かったのが外れスキルでも、僕には師匠《ししょう》に教わった剣術《けんじゅつ》があった。

さらには母上から教わった魔法もある。

「僕はもう夢を追いかけてもいいのかもしれない」

そう、僕には夢があった。

口にするには馬鹿《ばか》げた夢で、誰にも言えなかった夢だ。

「僕は、見たいんだ。——師匠が見れなかった世界の果てを」

僕の教育係として雇《やと》われた師匠は、凄腕《すごうで》の冒険者だった。そんな彼は、父上の目を盗んで世界各地を巡《めぐ》っていた頃の話をしてくれたのだ。


この広い世界——その果て。誰も見たことがない世界に僕は憧《あこが》れた。

いずれは領主になるからと諦《あきら》めていた幼い日の夢だ。

だけども実家を追放された今なら、きっと夢を見ることも許されるだろう。

僕たちが暮らす人間領は、モンスターの支配する魔界に囲まれるように存在していた。世界の果てを見るというのが、どれだけ無謀《むぼう》なことかは分かっている。それでも僕はワクワクしていた。

「まずは冒険者になろう。それから、それから、それから——」

ようやく自分の夢のために、こうして行動できる日が来たのだ。

僕は今後に想いを馳《は》せながら、冒険者ギルドがあるという隣町《となりまち》に向かって歩き始めた。

◆◇◆◇◆

隣町に向かう道中。

「きゃあああああ！」

辺りに女の子の悲鳴《ひめい》が響《ひび》き渡った。

「冒険者は助け合いが基本。冒険者になろうとしてるのに、放っておけないよね」

僕は、悲鳴の方向に駆け出した。そうして二人の少女が、モンスターに囲まれているところを発見する。

「ブラッド・ウルフか。厄介《やっかい》だね」

ブラッド・ウルフとは、血に濡《ぬ》れたような毛皮を持つ狼型《おおかみがた》の凶悪《きょうあく》なモンスターだ。

単独でもBランク相当のモンスターだが、群れで現れた際の危険度はさらに一ランク上にカテゴライズされることもある。通常、ブラッド・ウルフは魔界に接した地方にしか現れないと言われていた。間違ってもこんな人里《ひとざと》近くに現れる相手ではない。

「というか、ティアじゃないか」

背中に幼い少女を庇《かば》うように立っている少女は、よく見ると顔なじみであった。水色のロングツインテールをなびかせ、油断《ゆだん》なくレイピアを構えている。

彼女の名はティア。幼い頃から冒険者に交じってクエストをこなす凄腕の少女だ。氷《こおり》の剣姫《けんき》などという二つ名を持つ僕の婚約者《こんやくしゃ》でもあった。

「ティア、助太刀《すけだち》するよ！」

「え!? アレス、どうしてここに？」

「説明は後でするよ。ティアはその子を守ってて」

遠距離からファイアボールを放ち、モンスターの意識を僕に向ける。

「遅い！　絶・一閃！」

警戒しながら襲い掛かってきたところを、剣を横薙《よこな》ぎに払って一閃。瞬く間にモンスターの群れを、光の粒子へと変えていく。さらに続くモンスターに向き合おうとしたところで、

バグ・モンスターを討伐《とうばつ》しました。

絶対権限が2になりました。


脳内《のうない》で、そんな声が響き渡った。

戦闘中にも関わらず、僕は使い方すら分からないスキルを発動する。それはまるで、スキルそのものに導《みちび》かれるようだった。

『チート・デバッガー！』

絶対権限：2
現在の権限で使用可能な【コード】一覧
↓　アイテムの個数変更　（▲やくそう▼）

↓　魔法取得（NEW）（ビッグバン）

スキルの新しい効果だろうか。

まさかこのボタンを押せば、魔法が習得《しゅうとく》できるとでもいうのか？

でも「ビッグバン」は、母上ですら使うことができない古《いにしえ》の時代の超高位魔法である。まさかと思いながら、僕は魔法取得のボタンをポチッと押した。

【コード】魔法取得「ビッグバン」
ビッグバンの魔法を習得しました。

再び脳に響き渡るそんな声。

そんなことあり得るはずがないと思いつつも、思わず試してみたくなるのが人情だ。

「ビッグバン！」

ドッガーーーン！

魔法が発動し、目の前で超巨大な爆発が発生した。巨大なクレーターが発生し、あれほど居たブラッド・ウルフの群れが跡形《あとかた》もなく消滅《しょうめつ》する。

「は？」

「え？」

現実味《げんじつみ》を欠《か》いたウソのような光景。

ティアは、ぽか～んとこちらを見ていた。


「お兄ちゃん、お姉ちゃん。ありがとう！」

「助けが間に合って良かったよ」

ティアが庇っていた少女も、どうやら無事だったようだ。

「ところでアレス？　あんたがさっき使った魔法。なんなのよ、あれ？」

目の前に生まれたクレーターを見て、ティアが興味津々《きょうみしんしん》といった様子で問う。

「たぶんだけど。ビッグバンだと思う」

「え、ビックバンって最上位の魔法じゃない？　いつの間に覚えたのよ、そんなもの!?」

「えっと、戦闘中かな？」

正直、半信半疑《はんしんはんぎ》ではあった。それでもチート・デバッガーの効果を信じるなら、そういうことなのだろう。

「あ、後で説明するよ。それよりティアはどうして、こんなところに？」

「それはこっちのセリフ！　アレスこそ、なんでこんなところに居るのよ？（こんなところで会うと分かってたら、もっと身なりを整えて来たのに……）」

「どうかした？」

「なんでもないわよ！」

僕が聞き返すと、ティアは慌《あわ》ててそっぽを向いた。

「私のことはいいの。それよりアレスは、何処《どこ》に行こうとしていたの？」

「実は――」

ティアは僕の婚約者だ。黙《だま》っていても、いずれは知ることになるだろう。

僕は、神託の儀で外れスキルを授かったこと、一族の恥だと実家を追放されたことを説明した。

「呆《あき》れた。本当にそれだけのことで、アーヴィン家は、次期領主を入れ替えるつもりなのね」

「外れスキル持ちが領主なんて、外聞《がいぶん》が悪いからね。仕方ないよ」

僕は肩をすくめる。

「アレスは次期領主に相応しくあろうと頑張ってきたのに。そんなの、あんまりじゃない！」

「……ごめん。縁談《えんだん》もなかったことにしたいって、そのうちアーヴィン家から連絡が行くと思う」

ティアは、隣領の有力な家系の次女であった。

僕とティアの婚約関係は、領の関係性を強化するための政略《せいりゃく》結婚だ。政略結婚と言っても幼い頃から頻繁《ひんぱん》に行き来して交友を深め、それなりに信頼関係を築けたと思う。だとしても僕が次期領主でなくなった今となっては、ティアが僕と結婚するメリットはないだろう。

「ええ、その通りよ。アレスとの婚約を破棄《はき》して、弟のゴーマンと新たに婚約しろって、早速お父様に言われたわ！」

ティアが不機嫌《ふきげん》さを隠しもせず、ぶす～っとそう言った。

「そんな好き勝手な都合で！　冗談《じょうだん》じゃない。死んでもお断りよ！」

「ごめん。好きでもない人と、家同士の都合で婚約するなんて……。やっぱり嫌だったよね？」

僕との婚約だって、ティアの意思《いし》ではないのだろう。

それなのに相手の都合で、さらに別の婚約者を押し付けられる。彼女の立場なら、たまったものではないだろう。

「え、アレス？　何か勘違《かんちが》いしてない？（私、アレスと婚約してることは嫌じゃないっていうか……その――）」

「ティア？」

ティアは「なんでもない！」と、ぶんぶんと首を横に振った。

「私はゴーマンと婚約なんて、絶対に嫌！　あんなのと結婚するぐらいなら、いっそ死んだ方がマシよ！」

「そ、そこまで言う？」

「そしたら、お父様と大ゲンカになって――」

「大ゲンカになって？」

「家、飛び出してきちゃった！」

「えええええ!?　ティア、何してるの!?」

まさかの家出だった。

いやいや？　そんなドヤ顔で誇るようなことじゃないよね。それにしても、ゴーマンがそこまで嫌われていたとは。

「ティア、ほんとうに大丈夫なの？」

「も、もちろん。その方が、我がムーンライト家の利になると判断したまでよ！」

じとーっとティアを見ると、彼女はどんどん慌《あわ》てて早口になっていった。

「これまで遊び惚《ほう》けてきたゴーマンに、領主が務《つと》まるとは思えないわ。ろくに領内の視察すらしてないって話じゃない。それなら最初からアレスとの関係を深めた方が有意義《ゆうぃぎ》だわ！」

「……で、本音は？」

「これでアレスとお別れなんて嫌だったの！（ただのケンカ別れよ！）」

「え？」

思わず聞き返した僕を見て、ティアは思わず何を口走ったか気が付いたらしい。涙目になって、ぷるぷるとこちらを睨《にら》むと、

「い、今のはなし！」

「う、うん……」

「と・に・か・く！　私、アレスに付いていくからね!!」

僕の腕を掴《つか》んで、ティアはそう言い切った。

期待を裏切って、外れスキルなんてものを授かって。恥さらしだと実家を追放されて、今後の人生では誰にも必要とされることはない。そんな風に思っていたけれど、

「……ありがと、ティア」

こうしてティアは、わざわざ僕に会いに来てくれたのだ。

心に温かいものが流れ込んでくるようだった。そうして出発しようとしたところで、

【実績開放】初めてパーティを組んだ
絶対権限が3になりました。

「それでアレスは、どんなスキルを授かったの？」

「え～っと、この辺に文字が出てきて。効果はよく分からないんだけど」

ティアが、こてんと首を傾げた。

どうやら目の前に現れた文字は、僕にしか見えないらしい。

「実際に見せた方が早いね。ここをポチッと押せば――はい！」

僕が「▲やくそう▼」を選択すると、どこからか瞬く間にやくそうが現れる。

「ははっ。八Gで買えるやくそうを出せるだけのスキルなんて、外れスキル持ちだって言われても仕方ないよね」

「ねえ、アレス。アイテム名の隣に、矢印が出てるのよね？」

「うん。これ、なんだろうね？」

ティアの言葉が気になり、僕は「▼」の部分をポチっと選択してみた。その途端《とたん》、

「な、何これ⁉」

【コード】アイテムの個数変更
※選択可能なアイテムは以下の通りです。
↓　やくそう
↓　ポーション
↓　エクスポーション
↓　賢者の石
↓　？？？（絶対権限4以上で解放）

「どうしたの？」

「すごいよ、ティア。もしかすると、出すアイテムが選べるのかも！」

ポーション、エクスポーション、賢者の石。どのアイテムも、やくそうとは比較にならない高級薬だ。僕は、とりあえずエクスポーションを選択してみた。

「おおお⁉」

「う、ウソ。それってエクスポーションじゃな⁉⁉」

僕がエクスポーションを選ぶと、当たり前のように手の中にエクスポーションが現れる。

「ほんとうに使えるの？」

「試してみる？」

「いい！　勿体《もったい》ないもん」

ぶんぶん首を横に振るティア。

僕は続いて、賢者の石を試すことにした。これまた実にあっけなく、手の中に賢者の石が現れる。

賢者の石は、パーティ全員のＨＰを回復する効果を持つ高級回復薬である。お店で購入したら一〇万ゴールドは簡単に吹き飛ぶ代物《しろもの》だ。

「ねえ、アレス。もしかして、そのスキル——とんでもないんじゃない？」

「そ、そうかもしれないね」

ポチッと押すだけで、超高級な回復アイテムが一瞬で手に入る。さらにはビッグバンなんて超高位魔法を、簡単に覚えることもできたのだ。

うん、自分のことながらちょっと意味が分からない。

「アーヴィン家も馬鹿なことしたわね」

「え、何が？」

「だって、こんなすごいスキルを持ってるのに追放するなんて。間違いなく戦場で切り札になる能力じゃない」

「そうなのかなあ？　でも神託書に載ってなかったし、仕方ないよ」

別に誰かが悪い訳ではない。アーヴィン家のことは忘れて、僕は僕で、手にしたスキルと共に前向きに生きていこう。そんなことを考えていると、

「ふふっ。やっぱりアレスはアレスね」

ティアがいたずらっぽく笑った。

「えっと、どういうこと？」

「そうやって何があっても前向きなとこ。やっぱりアレスに付いてきて、正解だったわ！」

そう言ってティアは、見惚《みほ》れるような清々《すがすが》しい笑みを浮かべるのだった。


その後、僕たちは少女を村に送り届けることにした。

「おお、アンネ。無事だったのか！」

「心配したんだぞ。一人で村の外に出ちゃ、ダメじゃないか！」

村に入るなり、両親が駆け寄ってきて少女を抱きしめた。

「お父さん、お母さん。ごめんなさい」

しょんぼり謝る少女。実に微笑《ほほえ》ましい光景で、僕は助けが間に合って良かったと安堵《あんど》する。

「あなた方は、娘の命の恩人です。なんとお礼をしたらいいか！」

「お礼なら、命がけでこの子を守り抜いたティアに言ってやって下さい」

「え？」

僕はティアの背中を押した。何故《なぜ》か彼女は、一歩引いたところから事態《じたい》を見守っていたのだ。

「あなたが、アンネを守って下さったんですね！」

拝《おが》まんばかりの勢いで、少女の両親は何度も何度もティアに頭を下げた。

こういう状況には、あまり慣れていないのだろう。ティアは恥ずかしそうに目を逸《そ》らしつつ、

「そ、その……。どういたしまして」

やがては小声で、そう答えるのだった。

その後、是非《ぜひ》とも村でゆっくりしていって欲しいと少女の両親にせがまれ、僕たちは村の中央にある広場に移動した。

「やった～！」

少女は楽しそうに、僕たちの周りを駆け回る。すっかり懐《なつ》かれてしまったようだ。

やがて少女が見つかったという騒ぎを聞きつけたのか、広場に村人が集まってきた。

「そちらにいらっしゃるのは、もしかしてアーヴィン家のアレスさんですか？」

「はい、追放されてしまいましたが……」

「やっぱりアレスさんでしたか！」

僕に気が付いた村人の表情が、パッと明るくなった。

「それにしても、アレスさんを追放なんて。噂《うわさ》は本当なんですか？」

「……はい」

僕は黙って頷《うなず》いた。この村には、視察で何度か訪れている。

いずれは領主になると、随分と期待されていたはずだ。期待を裏切ることになり、ただただ申し訳なかった。

「こんなことを言って、慰《なぐさ》めになるかは分かりませんが……」

しかし俯《うつむ》く僕にかけられた言葉は、温かいものだった。

「アレスさんは領地を知るために、剣の修業の合間を縫《ぬ》って、毎日のように領地を回っていらっしゃいました」

「私たちのような下々《しもじも》の者にまで、気さくに話しかけて下さいました」

「農作物の実りが悪い時は、税の免除《めんじょ》が必要だと、領主様にかけあって下さいました！」

口々にそんなことを言い出す村人たち。そんなこともあったなあ、と僕は懐かしくなった。

戦うだけでは、領地を治められない。僕は頻繁《ひんぱん》に視察のために（時にはお忍《しの》びで）、領地の村を訪れるようにしていた。

家族からは、無駄だと馬鹿にされた。報告が上がってくるのだから、それに目を通すだけで十分だと。領地の評価を上げるためには、まずはモンスター相手に戦果を挙げるのが最優先。領民の機嫌を伺うなど時間の無駄だとも。

「ありがとうございます。こんな僕でも、お役に立てていたなら嬉《うれ》しいです」

こうして僕のしてきたことを認めてくれる人が居る。これまでの行動は間違っていなかったんだと、胸が温かくなった。

どこか誇らしそうに、ティアがそんな様子を眺めていた。

「それに比べてゴーマンさんは。普段は屋敷にこもって、視察に来ても話しかけるのも嫌だと私たちを見下して」

「これから先が不安です……」

どうやらこの村には、弟も視察で何度か訪れているらしい。しかし評判は、お世辞《せじ》にも良いものではないようだった。

「今回のことも、娘の危機に通りかかったのがアレスさんでなく、ゴーマンさんだったらと思うと背筋が凍りそうだ」

「あの方は自分が矢面に立って民を助けるなんてこと、まずしませんからね」

うーん。否定してあげたいけど、否定できる材料がまるでない。これからは信頼を頑張って勝ち取るんだぞ？　と、僕は内心で弟にエールを送る。

その後、少女の両親から「どうしてもお礼がしたい」と言われ、僕たちは村で一晩《ひとばん》お世話になることになった。


そして翌日。

「お兄ちゃん、お姉ちゃん！　ありがとうございました！」

「アレス様の旅先でのご活躍を、お祈りしています！」

何故か村人たちに総出で見送られ、僕たちは少しだけ恐縮《きょうしゅく》しながら村を後にした。

◆◇◆◇◆

「アレス、この後はどうするの？」

「まずはティバレーの街に向かって、冒険者ギルドに登録《とうろく》しようと思ってる。それから――」

「分かってるわ。世界の果てを、目指すんでしょう？」

ティアは、いたずらっぽく笑った。

「ど、どうしてそれを？」

「いつか世界の果てを見るんだ！　って、ずっと前から言ってたじゃない」

そういえば、師匠から冒険者だった頃の話を聞いた日の夜に、ティアにそんなことを話したかもしれない。それは無邪気《むじゃき》で幼い日の記憶だ。

「お、覚えてたんだね!?」

「ぐ、偶然なんだから。本当に、たまたま！　記憶の隅《すみ》に引っかかってただけなんだからね！」

何故、そんなにムキになるのだろう。

「ティアは笑わないんだね？　こんな年になって、いまだにそんな荒唐《こうとう》無稽《むけい》な夢を見てるのかって」

「笑える訳ないじゃない。真っ直《す》ぐで素敵な夢――そう思うわ」

それからティアは、再びジト目になって、

「それに訳の分からないスキルを授かったみたいだし。アレスなら本当に世界の果てだって辿《たど》り着けるかもしれない。そう思うわ」

そんなことを言うのだった。


ティバレーの街に移動するため、僕たちは街道沿いの通りを歩いていた。しばらく進んでいると、道が封鎖《ふうさ》されている現場に出くわした。

「う～ん。通行止めみたいだね」

「これじゃあ通れない。困ったわね」

僕は、街道を封鎖している冒険者から話を聞くことにした。

「なんでもこの先で、カオス・スパイダーが見つかったらしくてな。ギルドの判断で、対処が済むまでここから先は立入禁止にしてるんだ」

「カ、カオス・スパイダーですか⁉」

カオス・スパイダーとは、数メートルはある巨大な蜘蛛《くも》のモンスターだ。

巨体に似合わぬ素早さが特徴的で、高い属性耐性でこちらの攻撃をシャットアウトしつつ、最後には糸で絡《から》めとって捕食する。Aランクに指定されているやばいモンスターだ。

「こんな村の近くだって言うのに、近頃はAランク以上のモンスターがガンガン現れやがる。どうなっちまってるんだ」

冒険者のぼやきには、疲労《ひろう》が見え隠れしていた。

「アレス、どうしよう？」

「カオス・スパイダーか。僕たちでも力になれるかな？」

「おいおい、おまえらみたいな子供がカオス・スパイダーに挑むつもりか？　下手に刺激《しげき》されたらかなわねえ。遊び半分で手を出すなら、帰ってくれ」

僕とティアの会話を聞き、冒険者の男は迷惑そうに顔をしかめた。

「む。これでも僕は、次期領主として訓練を受けてきました。戦力になれると思いますよ」

そう言い返す僕だったが、

「ギャッハハッハ。お前みたいなガキに何ができるってんだ！」

「アーヴィン家の次期領主と言えば、外れスキルを授かって追放されたって話じゃないか。はん、手柄《てがら》が欲しくて焦ってるのか？」

そんな僕の言葉に突っかかってくる二人組がいた。筋骨隆々《きんこつりゅうりゅう》のおっさんと、ヒョロっとしたノッポのコンビである。

「アレスが授かったのは、外れスキルなんかじゃないわ。誰にも理解できなかっただけよ！」

「なんだい嬢ちゃん、そんな奴《やつ》を庇って」

「そんな奴は放っといて、俺たちといいことしないか？　な〜に、一晩も遊んでれば、カオス・スパイダーだって倒されてるだろうさ」

　二人組は、ティアに下品《げひん》な視線を向けていた。

　ティアは、これから一緒に旅する大切な仲間である。僕はティアを庇うように立ち、挑むように二人を睨みつけた。

「このおじさんたちを倒せば、カオス・スパイダーに挑む許可を貰《もら》えますか？」

「そ、それはもちろんだが。その二人は、ここらでは有名な賞金稼ぎだ。悪いことは言わない、やめておいた方が——」

「ギャッハッハ！　今さら遅《おせ》えってんだよ。今さら、謝っても許さねえからな！」

　おっさんが、獰猛《どうもう》な笑みを浮かべた。

「なんだなんだ？　なんか楽しそうなことになってるじゃないか！」

「賞金稼ぎの二人が、アーヴィン家の外れスキル持ちと決闘《けっとう》するんだってよ！」

「そんなの相手にならないんじゃないか？」

　街道が封鎖されていて、暇《ひま》を持て余している人も多かったのだろう。騒ぎを聞きつけ、あっという間に人が集まってくる。

「ギャッハッハ！　いつでもいいぜ、かかってきな？」

　おっさんが余裕綽々《よゆうしゃくしゃく》で、クイクイっと手招きして僕を挑発した。

こちらを舐《な》め切った態度《たいど》の割に隙《すき》だらけに見えるが、相手は凄腕の賞金稼ぎらしい。こちらも全力で挑むべきだろう。

相手の動きに即座《そくざ》に反応できるように注意しながら、僕はこっそりスキルを発動した。

『チート・デバッガー』

絶対権限：3
現在の権限で使用可能な【コード】一覧
↓　アイテムの個数変更　(▲エクスポーション▼)
↓　魔法取得　(▲ビッグバン▼)

いくらなんでもいきなり「ビッグバン」を撃つのは、気が引けた。

ブラッド・ウルフの群れを、一瞬で跡形残らず消し飛ばしてしまった高位魔法だ。いくらなんでも、生身《なまみ》の人間に撃つべきではないだろう。

「オラオラオラオラオラ！　手も足も出ねえか!!」

こちらに飛び込んできたおっさんが、実にいい表情で手にした斧《おの》を振るった。僕はそれを手にした剣で受け流しながら、困惑《こんわく》していた。

(遅い、あまりに遅すぎない？)

それこそ師匠の剣速の十分の一にも満たない。

否《いな》、相手は凄腕の傭兵《ようへい》なのだ。こちらの油断を誘っているのだろう。

僕は大きくバックステップして距離を取る。そして魔法習得の「▼」をポチっと押し、

【コード】魔法取得
※選択可能な魔法は以下の通りです。
↓ ビッグバン
↓ ラグナログ
↓ ブラックホール
↓ デスオール

「何これ……」

そっと閉じた。

あまりにもやばそうな魔法が並んでいた。

名前しか知らない魔法も交ざっている。いずれも最上位魔法にカテゴライズされる魔法だ。生身の人間を相手に、撃つものではないだろう。

「ハッハッハッハッハ！　今さら恐怖に震えちまったのか!?　土下座《どげざ》して謝れば、ここいらで勘弁《かんべん》してやるぜ！」

「……少しは、真面目にやって下さいよ」

おっさんは高笑いしながら、斧を豪快《ごうかい》に振り回す。

自慢の筋力に任せた拙《つたな》い太刀筋《たちすじ》だ。故《ゆえ》に、見切るのは容易《ようい》。

僕は剣を動かし、最低限の動きで攻撃をさばいていく。おおかた僕のことを、貴族のお坊ちゃまと舐め切っているのだろう。

「ハアアアァッ！」

僕は一瞬の隙を突いて、ひと息で相手の懐に飛び込んだ。

「絶・一閃！」

そして武器を横薙ぎに一閃。狙いは相手の得物《えもの》の根元の脆弱《ぜいじゃく》な部分——武器破壊だ。

スパーーーン！

いい音を立てて、斧の刃先の部分がどこかに飛んでいった。

「て、てんめえええええ！　よくも俺の武器をッ！」

「だから真面目にやって下さいと言ったんです」

「武器破壊なんて舐めた真似《まね》しやがって！　ここからは本気だ。覚悟しやがれ！」

僕から距離を取り、おっさんは腰から短刀を取り出した。万が一の場合に備えて、サブ武器を用意していたのだ。一流の傭兵なら当然だろう。

それにしても「武器破壊なんて舐めた真似」に「ここからは本気」か。

たしかに本気で相手を倒すつもりなら、僕は剣だけでなく魔法も使うべきなのかもしれない。

「おじさんは、歴戦《れきせん》の傭兵なんですよね？」

「その通りだ！　どうした、今さらビビっても――」

「いいえ、僕も慢心《まんしん》していたことに気付いたんです。申し訳ありません、ここからは本気でいかせてもらいますね」

「……は？」

惚けたように口を開けるおっさん。それすらも演技なのだろう。

何が生身の人間相手に撃つべきではないだ。僕は、外れスキル持ちの未熟者だ。歴戦の猛者《もさ》を相手に、出し惜しみできる実力なんて持っているはずもない。

「いきます！」

「え、ちょっと待――」

僕の周りに、視認《しにん》できるほどの炎のマナが満ちていく。

おっさんが焦《あせ》ったように、何事かを言いかけたが、

「ちょっと、アレス！　それは流石《さすが》にやりすぎ！」

「――え？」

「ビッグバン！」

突然、ティアが焦ったように声をかけてきた。

――あっ、わずかに狙いが逸れてしまった。

発生する凄《すさ》まじい轟音《ごうおん》。そして超巨大な爆発。おっさんのすぐ隣に、でかでかとクレーターが発生した。それほどの爆発を前にしても、おっさんは微動《びどう》だにしなかった。

魔法の狙いがわずかに逸れたのを察《さっ》し、避《よ》けるまでもないと一瞬のうちに判断したのだろうか。

あるいは未熟者のビッグバンぐらい、直撃したところで無傷《むきず》だということか。

流石は歴戦の傭兵だ。ますます気を引き締めなければならない。

「流石です、狙いが逸れたことを見破られましたか。次は外しません。どんどんいきます！」

「ま、参った！」

おっさんが真っ青になって、土下座した。それはもう見事な土下座だった。

「え、えっと？」

「そりゃ自慢の斧はまったく通じず、引き下がれなくなったところで無詠唱《むえいしょう》のビックバン。誰でも心が折れるわよ」

「そうなの？」

ティアが呆れたように一言。

そうして突如として始まった決闘は、あっさり幕を閉じたのだった。

【実績開放】初めて決闘に勝利した
絶対権限が4になりました。

「本当に悪かった‼」

「もう二度と逆らいませんので、どうか命だけはお許しを！」

凄腕の傭兵二人は、がくがく震えながら僕に謝る。

そ、そんなに怯《おび》えなくても……。

「アレス、今度からビッグバンは使用禁止ね」

「……はい」

半眼《はんめ》で僕を見るティア。やっぱりあの魔法は、やばいらしい。

「す、凄まじい戦いだった！」

「表情一つ変えずに斧を防ぎ切った剣の腕に、最後の魔法はなんだ⁉」

「どうしてアーヴィン家は、あのような方を追放したんだ⁉⁉」

戦いを見ていた人々が、興奮したように口を開く。

「それでは、カオス・スパイダーに挑む許可を貰えますか？」

「ああ。あれほどの戦いを見せられてしまっては仕方ない。しかし本当に頼んでいいのか？」

「どういうことですか？」

「今のアレス殿は、領主の息子ではない。領内のモンスターを討伐する義理《ぎり》もないだろう？」

心底、不思議そうに冒険者の一人が問う。

「そういうことですか。別に大した理由はありませんよ。少しでも力になれることがあるなら、力になりたい。そう思っただけです」

「そ、そうか……」

「それに――僕は、いずれは世界の果てが見たいんです。こんなところで、立ち止まっては居られませんから」

そう言って僕は笑った。誰にも言えなかった夢を、こうして胸を張って口にできるようになったのは、ティアのおかげだ。

「街道沿いに進んでいくと、カオス・スパイダーの縄張《なわば》りにぶつかります。我々の仲間が取り囲んでいるので、すぐに分かると思います」

「分かりました、ありがとうございます」

冒険者にお礼を言って、僕たちは街道を進んでいく。

【SIDE:アーヴィン家】

それは、ある日のアーヴィン家。

私——リナリー・ローズは、今日も憂鬱《ゆううつ》な気持ちで朝を迎えました。

私はローズ家の四女として生を受け、今はアーヴィン家でメイドをしています。アーヴィン家に相応しくあれ、と使用人も洗練されたマナーを求められましたが、理不尽《りふじん》な要求はなく先輩《せんぱい》にも恵まれて、働き甲斐《がい》のある職場でした。

ですが最近、その状況は一変してしまいました。

「本当にどうしてこんなことに……」

すべての歯車《はぐるま》が狂ったのは神託の儀。次期領主になるはずだったアレス様は外れスキルを、ゴーマン様は【極・神剣使い】という超レアスキルを手にしました。

その結果を受けて、領主様はあっという間に手のひらを返して、ゴーマン様を次期領主に決定したのです。そしてあろうことか、アレス様を追放処分にしてしまったのです。

アレス様を追放することは、ゴーマン様の希望だったといいます。超レアスキルを手にした彼のわがままを、誰にも止められなくなったのです。

私は先日、ゴーマン様の専属《せんぞく》メイドとなりました。ゴーマン様が、専属メイドを増やして欲しいと父親に要求したからです。

「はあ。これから毎日、ゴーマンお坊ちゃまのご機嫌伺いか」

憂鬱な気持ちで、私はゴーマン様の部屋に向かうのでした。


「失礼します」

「何をしていた。遅いぞ!」

部屋に入った瞬間、罵声《ばせい》が飛んできました。

「申し訳ございません」

「まあ良い。早く朝飯《あさめし》を持ってこい!」

「は、はい! 準備がございますので、少々お待ちを――」

「くそっ。どいつもこいつも馬鹿にしやがって。おまえも俺のことを、たまたま良いスキルを貰っただけのボンクラだと舐めてるんだろう」

顔を真っ赤にして怒鳴《どな》るゴーマン様を、私は呆然と見つめ返します。

「そ、そのようなことはございません」

「どうだかな。働きが悪い奴は、すぐにクビにするからな」

「申し訳ございませんでした」

どうして、こんなことになってしまったのでしょう。

苛立《いらだ》ちのままに喚《わめ》き散らすゴーマン様を見ながら、私は唇《くちびる》を噛《か》みます。

アレス様なら、こんな無茶な要求は出しませんでした。使用人にも優しく接してくれましたし、本当に謙虚《けんきょ》な方でした。日々の剣の修行に加えて、次期領主の教育にも真摯《しんし》に取り組んでいました。

屋敷で働くメイドが相手でも、分け隔《へだ》てなく接してくれました。

「なあ、リナリー。外れスキル持ちなんて例外なくクズだ。そうは思わないか？」

「……おっしゃる通りです」

私は思わず、ギリリと歯ぎしりしたくなりました。私も外れスキルを持って生まれた身です。それを分かっていながら、どうしてそんなことを言うのでしょう？

「そんな外れスキル持ちにも関わらず、俺はわざわざおまえを選んでやったんだ。俺はくだらないことにとらわれず、その人が持つ実力を見抜く人間だからな！」

「流石は、ゴーマン様です」

心にもない私の賛辞《さんじ》に、ゴーマン様は気持ち良さそうに笑いました。外れスキル持ちだからとアレス様を追い出しておいて、どの口がそんなことを言うのでしょう。

こんな人に、一生仕《つか》えるの？

こんなことを、ずっと続けるの？

それは、ちっとも明るい未来には思えませんでした。

外れスキル持ちは要らないと、私は半ば強引に奉公《ほうこう》に出されました。

そんな私がアーヴィン家で頑張ろうと思えたのは、アレス様のおかげでした。彼は意識もしていないのでしょうけど、私は彼の優しさに救われました。だから彼の専属メイドになって恩返《おんがえ》ししたいと、日々の仕事にも前向きに取り組めたんです。

アレス様は私の心の支えでした。

それなのに私はアレス様が大変な時には、声をかけることができませんでした。どんな表情で会えば良いのか分からなかったから。あまりに臆病者《おくびょうもの》です。

そうして迷いを抱えたまま、今もこうして屋敷にくすぶっています。

もう遅すぎるかもしれない。それでもアレス様を追いかけよう——私は密《ひそ》かに、そんな決意を固めるのでした。

二章　外れスキルの真価

決闘を終え、僕は改めてスキルを確認していた。

絶対権限：4
現在の権限で使用可能な【コード】一覧
↓　アイテムの個数変更（▲エクスポーション▼）
↓　魔法取得（▲ビッグバン▼）
↓　ユニットデータ閲覧《えつらん》（NEW）

「ティア、やっぱり増えてる。『ユニットデータ閲覧』だって」

「アレスのそれ、やっぱり訳が分からないわね。どうして一つのスキルで、そんなに色々とできるようになっていくのよ」

「そんなにすごいのかな？　でもこれ外れスキルだよ？」

「すごいというか規格外《きかくがい》というか。神託書に載ってないから外れスキルってのも、おかしな話よね」

　載っていないものこそ研究するべきよ、とティアは考え込みながら呟いた。

そんなことを呑気《のんき》に話していると、おあつらえ向きにモンスターが現れた。

ぷにぷにとした見た目が愛らしいスライムだ。

「ティア、ちょっとだけ待ってて。試してみたいことがあるんだ」

「分かった！」

僕はチート・デバッガーのスキルを起動する。

『ユニットデータ閲覧』

【コード】ユニットデータ閲覧
名称：スライム（LV1）
HP：13／13
MP：0／0
属性：弱↓炎、水、氷
▲基本情報▼

「うわあ。何これ」

「アレス？　何が見えてるの？」

「すごいよ。モンスターの情報が見れるみたい」

これまでと同じなら「▲▼」を押すと何かが起きるはず。

そう予想してポチっと押してみると、その予想も当たった。

【コード】ユニットデータ閲覧
ドロップ：やくそう
レア　　：ぷにぷにジュース
※ダメージを99回与える
▲特殊情報▼

ダメージを九九回与える？

HPが十三しかない相手に？

「アレス、もう倒していい？」

「ちょっとだけ、お願いがあるんだけど……」

ティアが普通に戦えば、スライムなんて一撃だ。というより大半の人がそうだろう。

しかし、このスキルの効果を信じるならもしかすると……？

僕はワクワクしながら、ティアにあるお願いをした。

「スライムを倒さないように攻撃するの？　どうしてそんなことを？」

「まあまあ。いいからいいから」

「こんな感じ？」

ぽかっ、とティアが素手で軽くスライムをはたいた。

これでもダメージ与えられるんだなあ。すかさず僕は、スライムにやくそうを使う。

「九五　九六　九七　九八——えいッ！」

やがてティアが、スライムを消し飛ばした。するとスライムがぷるぷるっと震えて、

「説明してもらうわよ、アレス。……って、何よこのアイテム!?」

現れたのは、青く輝く不思議《ふしぎ》なジュース。

光の粒子になって消えたスライムは、見慣れないアイテムを残していったのだ。

「ユニットデータ閲覧で見た通りだね。スライムはダメージを九九回与えたら、ぷにぷにジュースを落とすみたい」

「スキルの効果で分かったの？」

「うん。落とすアイテムとレアドロップ品が、バッチリ見れたよ」

「スライムがこんな物落とすなんて、見たことも聞いたこともないわよ？　アレス、とんでもない新発見じゃない!?」

そう言ってティアは、顔を輝かせるのだった。


その後、僕たちはいくつかのモンスターを倒しながら街道を進んでいく。

「そいつは氷属性と炎属性の攻撃を同時に当てて倒すんだって。ティア、せーので攻撃しよう」

「任せなさい！」

『ファイアボール！』

『アイシクルシュート！』

　時にはタイミングを合わせて攻撃することで、レアドロップの条件を満たす。

「ティアはすごいよね。剣術だけじゃなくて、魔法も使えるんだから」

「それ、アレスが言うと嫌味に聞こえるわね……」

「僕は母上から教え込まれたから。ティアは独学でしょ？」

「私は、一緒にクエストを受けた冒険者に教わったわ」

　レイピアをしまいながら、ティアは昔を懐かしむように答えた。

「そうなんだ。剣だけでも一流なのに――すごいね」

「え？　だって魔法が使えたら、戦術が広がるってアレスが言ってたから。って、違う違う！　たまたまよ、たまたま！」

　ティアが顔を赤くして、ぶんぶんと顔を横に振った。

「というかアレスのスキル、流石にずるすぎない？」

「たしかに便利だけど、これぐらいなら鑑定士が居れば一発だよね」

　しみじみと言うティアに、僕は首を傾げる。

「あのねえ。鑑定のスキルって、そんな万能なものじゃないのよ」

「そうなの？」

「ええ。知り合いの冒険者に聞いたことがあるけど――」

いわく敵のＨＰが見えるってだけで一流。初見の敵の弱点を見抜けるならば、超一流で勧誘合戦《かんゆうがっせん》が起こるほど。

冒険者に交じってクエストをこなしていたティアが言うのなら、間違いないだろう。

「どっちも普通に見れたよ？」

「だから訳が分からないって言ってるのよ。ましてドロップアイテムの解析《かいせき》なんて、聞いたこともないわよ」

どうやらこのスキルは、一流の鑑定士をも凌駕《りょうが》するらしい。

「そうなんだ。それなら僕でも、鑑定士としてならパーティに受け入れてもらえるかな」

「いやいや、アレス。たぶんそれどころか……。その時が来れば分かるわね」

僕の言葉に、ティアは引きつった笑みを浮かべるのだった。

そうして街道を進み、僕たちはカオス・スパイダーの縄張りらしき場所に辿り着いた。


それは異様《いよう》な光景だった。

真っ白な蜘蛛の糸が、街道沿いの木々を覆いつくしている。その蜘蛛の巣を支配するように、全長数メートルはある巨大な蜘蛛型モンスターが、じっとこちらの様子を窺《うかが》っていた。

巣を囲むように数人の冒険者の男が立っており、緊迫《きんぱく》した空気が流れていた。

僕は見張りの一人に声をかけた。

「あれがカオス・スパイダーですか？」

「ああ。君たちがアレスとティアかい？」

頷く僕たちに、不安そうな視線が向けられた。

「正確にはカオス・スパイダーの変異種《へんいしゅ》だね。属性耐性がやたらと高くてね。こちらの攻撃が、すべて無効化《むこうか》されてしまうんだ」

「しかも近づきすぎると、糸に絡めとられて、あっという間にお陀仏《だぶつ》だ。厄介な相手だぜ」

そう愚痴《ぐち》る冒険者。すでに討伐を試みたものの、失敗して今に至ったらしい。

『ユニットデータ閲覧！』

僕はスキルで、カオス・スパイダーを解析する。

【コード】ユニットデータ閲覧
名称：カオス・スパイダー（バグ・モンスター）
ＨＰ：１３３２／１３５６
ＭＰ：５６４／５６４
属性：完全耐性↓炎、氷、物理
　　：弱点↓闇
▲基本情報▼

「うわあ……」

「アレス、どうにかなりそう？」

これまで倒してきた相手とは、比べ物にならないステータス。文字通り、桁外《けたはず》れの強さだった。

「物理、炎、氷の属性に完全耐性を持ってるみたい」

「な、何よそれ。私たちじゃ、ダメージ与えられないじゃない？」

「そもそもの強さが尋常《じんじょう》じゃない。出直すべきだと思う」

冒険者は臆病なぐらいでちょうどいい。勇気と蛮勇《ばんゆう》を履《は》き違えてはいけない。

これも師匠の口癖《くちぐせ》であった。敵の弱点は闇属性。まずは闇属性が得意な魔法使いを集めて、作戦に臨むべきだろう。そう提案しようとして、

「え……？」

ぞくりと背筋に寒気が走った。

今、たしかにカオス・スパイダーと、視線が交わったような？

そして嫌な予感は的中した。カオス・スパイダーが、のそりと動き出したのだ。

「う、動き出したぞ⁉」

「どうなってるんだ⁉　これまでは縄張りを守るだけだったのに！」

「まっとうに戦っても勝てねえぞ。逃げろ！」

これまでにない動きを見せたカオス・スパイダーを前に、冒険者が慌てて逃走を試みる。伝令魔法を使い、急いでどこかに連絡しているようだ。

そんな冒険者たちには見向きもせずに、カオス・スパイダーは真っ直ぐ僕の方に向かってきた。

真っ赤な目を怪《あや》しく光らせ、その巨体からは想像できぬほどに素早い。

「敵の狙いは僕みたいです。離れて下さい！」

とっさに囮《おとり》になるように、僕は冒険者たちとは逆方向に走り出した。予想通り、カオス・スパイダーは僕を追いかけてくる。

「これで終わると楽なんだけど……。ビッグバン！」

僕はチート・デバッガーで覚えた魔法を、カオス・スパイダーに叩《たた》きつけた。通常であればクレーターを穿《うが》つほどの威力《いりょく》を見せるのだが、

「やっぱりダメか」

簡単にかき消されてしまった。これが完全属性耐性か。

「どうするのよ、アレス。というかあの蜘蛛、どうしてアレスを襲うの⁉」

「分からない。ティアこそ、なんで付いてきちゃったの⁉⁉」

「そ、それは。アレスのことが心配で――」

「え？」

「なんでもないわよ！　私だけ安全な場所で待ってるなんて、冗談《じょうだん》じゃないわ！」

強気に言い切るティア。

知り合いが戦っている中、ただ隠れているなんてごめんだと。

それこそが氷の剣姫と呼ばれた彼女の生き方なのだ。

とはいえティアが加わっても、依然《いぜん》として戦況は不利。

カオス・スパイダーのステータスは、それだけ圧倒的だった。まして完全属性耐性で、こちらの攻撃は無効化されているのだ。このまま無策にぶつかれば、勝負にもならず一方的にやられてしまうだろう。

「それでアレス？　もちろん、このままやられるつもりなんてないんでしょ」

「当たり前！」

近くの森に駆け込み、僕は素早く『魔法習得』のコードを起動した。

【コード】魔法取得

※選択可能な魔法は以下の通りです。

↓　ビッグバン

↓　ラグナログ

↓　ブラックホール

↓　デスオール

「ティア、ラグナログとブラックホールって、どんな魔法か分かる？」

「何よ、いきなり？　どちらも神話級魔法だけど――まさか？」

「うん、たぶん覚えられる」

僕とティアの攻撃手段は、カオス・スパイダーには通じないだろう。

ダメージを与えるために、新たな技を覚える必要があった。

「この状況で使うなら、どっちがいい？」

「どっちも最上位の範囲魔法！　どっちもやばいわよ！」

「それでも、どうしても使うなら？」

「そうね。ブラックホールは、無差別な吸い込み型魔法。強力だけど、この距離じゃ私たちも巻き込まれかねない。かといってラグナログは、物理攻撃だし……」

「そもそも効かなそうだね」

完全属性耐性持ちの相手に放っても、ビッグバンと同じ運命を辿るだけだろう。

本当に厄介な相手だ。

【コード】魔法取得「ブラックホール」
ブラックホールの魔法を習得しました。

やるしかないだろう。

リスクを取らずに勝てる相手ではないのだから。

「ブラックホールを使う。少しでも距離を稼《かせ》ぎたい。なんとか足止めできない？」

「随分と無茶を言ってくれるわね」

そう言いながらも、ティアの瞳には好戦的な光が宿る。

「アイシクルガード！」

走りながら素早く魔法を詠唱するティア。

足止めのためにティアが生み出したのは、白銀に輝く氷の盾。氷属性に完全耐性を持つ敵が相手でも、物理的な壁ならばと思ったが、

「な、何それ!?」

そんな希望的観測《きぼうてきかんそく》は、簡単にぶち壊される。

カオス・スパイダーは氷の壁をものともせずぶち破り、僕たちを追いかけてきたのだ。

「ティア、さっきの盾って展開してから動かせる？」

「なんで？　できると思うけど……」

「ならちょっと試したいことがあるんだ。あいつの足元を覆うように、氷の盾を出せる？　できる限り大きいやつ！」

「やってみるけど、すぐに破られると思うわよ――アイシクルガード！」

ティアは頷き、即座に氷の盾魔法を展開。カオス・スパイダーの足を覆うように、半径数メートルの氷の壁を生み出す。先ほどより丈夫な氷の盾だ。

しかしやはりというべきか、大した効果は見られない。カオス・スパイダーは氷の盾をものともせず、凄まじい勢いで突き進んだ。

一瞬でも足止めになればと思ったが、そう甘くはないか。

カオス・スパイダーの紅《あか》い瞳がギョロリとこちらを向いた。まるで「それで終わりか？」と嘲《あざけ》るかのようだった。

「アレス、ごめん。もう魔力が……」

「いいや、大丈夫。ここから盾を操って――」

ティアは作戦を聞き、目をまんまるにしていたが、

「流石はアレスね！　そんな作戦、私だけじゃ思い付きもしなかった！」

目を輝かせて再び魔法を唱え始めた。

ティアは手をかざすと、地面を覆うように氷の盾を垂直に起き上がらせた。

それは一瞬の早業。カオス・スパイダーは、突如として動く足場に対処できず、ツルツルっと滑り落ちていく。そのまま氷の盾は、カオス・スパイダーを押しつぶすように倒れ込んだ。

「やった！」

「流石だよ、ティア。でも走って！」

「分かってるわよ！」

そんな様子を見ながら、僕たちは全力で走って距離を取っていた。

不意打ちに成功したものの、当然これだけでは倒すには至らない。案の定、カオス・スパイダーは、あっという間に氷の盾をぶち破って移動を始める。氷の塊に押しつぶされたはずだが、当たり前のように無傷。

格下だと認識していた相手からの思わぬ反撃に、怒りに瞳を爛々《らんらん》と光らせていたが――。

「もう終わりだよ」

十分な距離は稼げた。

僕はカオス・スパイダーに向き直り、切り札とも言える闇魔法を発動。

「ブラックホール！」

カオス・スパイダーと重なるように、黒く揺《ゆ》らめく黒点が現れる。その黒い空間は、敵を覆いつくすように徐々に広がっていった。

「こ、これが闇属性の上位魔法か」

「凄まじいわね。あのカオス・スパイダーが、手も足も出ずに吸い込まれていくなんて」

効果は劇的だった。

カオス・スパイダーは苦悶《くもん》の声を上げながら、必死に術の影響範囲から逃れようとする。しかし術の影響範囲に入ってしまった以上、どれだけあがいても手遅れだった。カオス・スパイダーは、断末魔《だんまつま》の悲鳴と共にブラックホールに吸い込まれ、やがて完全に消滅した。


バグ・モンスターを討伐しました。

絶対権限が5になりました。


「た、助かった……」

思わずティアが、へなへなとその場に座り込んだ。

「な、なんだ今の戦いは!?」

「まさか本当にカオス・スパイダーを倒してしまうなんて！」

戦いが終わると同時に、こちらに飛び出してくる人影があった。それは先ほど別れた冒険者たちである。木々の影に隠れて、僕たちの戦いを見守っていたらしい。

「どうしてここに!?」

「子供二人を囮にして逃げ帰ったなんて、笑い話にもならねえ。助けに入れないかと、様子を窺ってたのさ」

「もっとも戦いが凄まじすぎて、とても手が出せなかったんだけどな」

冒険者たちはそう言って、苦笑いした。

「こうして無事だったんです。気にしないで下さい」

むしろ周りに人が居たら、巻き込んでしまった可能性が高い。結果オーライである。

「とんでもない強敵でした。世の中には、あんなモンスターがゴロゴロしてるんですよね？　もっと腕を磨かないと」

僕は、戦慄《せんりつ》しながら呟いた。

世界の果てに辿り着きたいと夢に見ながら、現実には少し強めの領内のモンスターにすら苦戦しているのだ。まだまだ目指すべき場所は遠い。

「いやいや。カオス・スパイダーの変異種なんて、普通は王宮からの援軍を待つべき相手だよ」

「それをたったの二人で倒しちまうなんて」

「しかもこれほどの強さを持ちながら、まだ向上心を忘れないとはな！」

居合わせた冒険者たちは、「凄まじい戦いを見た！」と興奮した様子で語り合っていた。

◆◇◆◇◆

カオス・スパイダーとの激闘を経て、絶対権限は五になったはずだ。

僕は早速、スキルを起動して確認することにした。

絶対権限：5
現在の権限で使用可能な【コード】一覧
↓　アイテムの個数変更（▲エクスポーション▼）
↓　魔法取得（▲ブラックホール▼）
↓　ユニットデータ閲覧
↓　バグ・サーチ（NEW）

「アレス殿。それがカオス・スパイダーを打ち破ったスキルですか？」

興味津々といった様子で、冒険者たちが僕を見ていた。

「うん。外れスキルだって言われてるけど、アイテムが取り出せたり、魔法を覚えたりと便利なスキルなんだ。今回覚えたのは――」

なんだろう、これ？　見慣れない言葉に、僕は首を傾げる。

「『バグ・サーチ』だって。なんだろうこれ？」

首を傾げるしかなかった。今までに覚えたものと違って、今回は名前から効果を想像できなかった。僕は記憶を辿り、

「あ！」

思い出したのは、チート・デバッガーが成長する時に聞こえた文言だ。


――バグ・モンスターを討伐しました。

僕のスキルは、恐らくは何か条件を満たすと成長していくスキルだ。そのきっかけはバグ・モンスター討伐であることが、多かったように思う。

そのことをティアに話すと、ティアは顔に手を当てて考え込む。

「つまりはスキルを成長させるための効果ってことかしら？」

「実際に試してみるしかないか。バグ・サーチ！」

僕はバグ・サーチを選び、指でポチっと押した。

「どう？」

「う～ん……」

【コード】バグ・サーチ
半径500メートル以内に【バグ】を発見しました。

効果が発動したのか、僕の視界に突如《とつじょ》として矢印が現れる。

周りの反応を見るに、どうも矢印は僕にしか見えないようだ。どうやら森のさらに奥を指しているらしい。ぴょこ、ぴょこと矢印が跳ねており、そちらに進めと誘導されているようだった。

「矢印が見えた。半径五〇〇メートル以内にバグがあるんだって」

「え、ウソ？　またカオス・スパイダーみたいのが居るっていうの⁉」

ティアの呟きに、緊張が走る。

カオス・スパイダーの脅威《きょうい》は、誰もが身に染みて分かっていた。

「それは分からない。バグってのが、具体的になんなのか分からないから。でも、もし厄介なモンスターが居るなら、放ってはおけないよ。少し行ってくるからティアはここで――」

「冗談じゃない。私も付いていくわよ！」

僕の言葉に割り込むように、ティアはそう言った。

「また危険なモンスターが居るかもしれないんだよ？」

「望むところよ。だいたい危険なのは、アレスだって同じでしょう？」

「それはそうだけど、これは僕の好奇心みたいなものだし。ティアのことを巻き込むのも、申し訳なくて――」

「私だって、好きで付いていってるだけよ。アレスが気にする必要はないわ（それに、もし……。アレスに何かあったらと思うと……）」

「え？」

「な、なんでもない。と・に・か・く、私はアレスに付いていくからね！」

ギュッと僕の腕を掴み、顔を真っ赤にするティア。

向かう先に何が居るかは分からないけど、

「ありがとう、ティア。すごく心強いよ」

「それでいいのよ。今度、変な遠慮をしたら許さないんだからね！」

ピンと指を立て、ティアはそんなことを言うのだった。

さらには僕たちのやり取りを聞いていた冒険者たちも、

「わ、我々もお供いたします！　必ずお役に立ってみせます！」

「さっきは思わず逃げ出してしまいました。そんな情けない経験は、二度としたくありません！」

「いざという時は、我々が盾になります！」

「早まらないでね？」

冒険者たちの熱量に当てられ、僕は戸惑うばかり。

そうして僕たちは、バグ・サーチに導かれるままに森の奥に歩みを進めるのだった。

「なんの変哲もない森に見えるけど。本当にこの先に、おかしなものがあるの？」

「スキルの効果を信じるなら」

ときどき現れるモンスターは、F～Gランクを中心にした弱いモンスターたちばかり。突出した強さを持つカオス・スパイダーがいかに異常だったか、改めて突きつけられた形である。

やがて森の中でも、わずかに開けた空間に出た。

木々が切り倒されており、焚火《たきび》の跡もある。冒険者が休憩《きゅうけい》で使っていたのだろう。

僕はそこに足を踏み入れ――、

「な、何が起きてるの⁉」

思わず愕然《がくぜん》と目を見開いた。足を踏み入れた瞬間、景色が一変したのだ。

明らかな異物感。

ぐにゃりと空間が歪《ゆが》む。

そして景色の一部が黒い墨で上書きされたように、真っ黒に染まっていく。

真っ黒な亜空間からは、何か得体の知れない無数の瞳がこちらを覗き込んでおり――あまりのおぞましさに、背筋が凍った。

明らかに異常な光景を前にしても、

「アレス？　急に立ち止まって、どうしたの？」

まるで疑問を持った様子もなく、ティアは不思議そうに僕を振り返った。

「み、見えてないの？」

「どうしちゃったのよ。それより、そろそろ五〇〇メートルは歩いたんじゃない？」

今なら分かる。バグ・サーチの目的地はここだ。

そうしている間にも、黒い染みはじわじわと広がっていた。まるで空間そのものが、浸食《しんしょく》されているようだった。

「ちょうどいいし、少しだけ休んで――」

「ティア！　それ以上進まないで！」

なんだこれは？　恐らくモンスターではない。

そんなレベルではなく、まるで空間そのものに異常をきたしたようだった。

「う、うわあああああ！」

突如として、兵士の一人が苦しみ出した。どうやら黒い空間に触れてしまったらしい。

「お、おい！　どうしたんだ!?」

「か、体が熱い……痒《かゆ》い――」

「お、おい！　落ち着けよ！」

冒険者たちはガクガクと震えながら、体をかきむしった。黒い染みは冒険者らの間でどんどん広がっていくが、やはり誰にも見えていないのだ。

あの黒い染みはやばい。到底《とうてい》、僕たちには逆らえないような何かだ。

「みんな、下がって！」

――どうすればいい？　一度、出直すべきか？

冷静になろうと後ろを振り返り、僕は再び戦慄する。

いつの間にか黒い染みは、背後にも忍び寄っていたのだ。

気が付けば、退路をふさがれている。

――なんなのこれ!?　いったいどうすれば!?

「落ち着いて、アレス！　ここに来たきっかけを思い出して。何かスキルは使えないの？」

パニックに陥《おちい》りそうになった僕に、ティアが鋭くそう呼びかけた。

「そうだよね、こんな時こそ冷静にならないと」

この異常に気付けたのは僕だけだ。

この状況を打開できるとしたら、僕だけだ。

『チート・デバッガー』

スキルが発動すると同時に、予想もしていなかった事態が訪れる。

突如として、時が静止したのだ。

「はぁあ？」

時が止まった――そうとしか表現できない異常事態。

風に揺られている葉っぱも。

こちらに向かって、何かを言いかけたティアも。

不安そうに顔を見合わせる兵士たちも。

黒く浸食を広げる亜空間ですら例外ではない。

「時が止まった!?　いったい、何が起きてるっていうの!?」

困惑する僕の周りを、無数の文字が漂い始めた。大小様々な光り輝く文字列が、超高速で僕の周りをうごめいている。

恐らくはチート・デバッガーから生まれた文字だ。しかし意味はまるで分からない。

もはやそれは、情報の洪水であった。理解不能な情報を脳に押し込まれる感覚に、僕は思わず顔をしかめる。

「うっ。頭が痛い。でも、みんなを助けるためには、これと向き合わないとダメなんだ」

僕は必死に踊り狂う文字に向き合った。しかしその文言を理解することは叶《かな》わず、しまいには吐き気に襲われる。

それでも僕は、必死に理解できるフレーズを拾っていった。

「無限のバグ――世界を覆いつくす――」

「バグに立ち向かうための力――それこそがデバッガー」

僕の口から、言葉が紡《つむ》ぎ出された。

理解した上で発した訳ではなく、無意識にこぼれ落ちた言葉。

口にして初めて、僕は意味を理解する。僕が手にしたこのスキルの真の意味を。空間を黒く染めていた異物の正体を。そして理解すると同時に――、

「やっと会えたね、お兄ちゃん！」

突如《とつじょ》として、目の前に小さな少女が現れた。

ふよふよと浮遊《ふゆう》している。さらには呆然としている僕に、ガバっと抱きついてきて、

「会いたかった。お兄ちゃん、本当にず～っと会いたかったよぅ!!」

そんなことを言うではないか。

「ど、どういうこと!?」

ただ流されるままに、僕は現状を受け止めることしかできなかった。

「き、き、君は？」

「あ、いきなりごめんなさい！　会えたのが嬉しくて、つい！」

幼さの残る少女は、パッと僕から離れる。

「私はリーシャ。先代のデバッガーで、お兄ちゃんの妹だよ！」

「いや、僕に妹は居ないけど⁉」

少なくとも僕に、生き別れの妹が居るなんて話は聞いていない。

それとも、まさか父上に隠し子が？

「リーシャは、お兄ちゃんの妹になる予定だったけど、バグのせいで生まれなかったの。お兄ちゃんに会うのが楽しみだったのに。しょんぼりだよ」

「バグっていうと、あのモンスターとかだよね？　え、どういうこと？」

「バグはバグだよ。バグ・モンスターもそうだし、それだけじゃないよ。まさしく世界の歪みそのもの。さっきお兄ちゃんが、口にした通りだよ」

リーシャは小首を傾げながら、目をぱちくりと瞬く。

そう言われても、無我夢中《むがむちゅう》であまり覚えていない。

分からないことばかりだった。それにリーシャの言葉には、まだ気になる部分も多かった。

「待って。先代のデバッガー？」

「うん。ふつつか者ながらお兄ちゃんの前にデバッガーをしていて、バグに負けて消されました。情けないことです」

しゅんと落ち込むリーシャ。

――バグに消された？　穏やかではない言葉だ。

僕の脳裏に、黒い染みに囲まれたティアたちの姿が蘇《よみがえ》る。

こうしては居られない。僕が考えるべきは、どうすればティアたちを助けられるかだ。

「リーシャ。あの黒い染みは、僕の力でどうにかできるかな？」

「お兄ちゃんなら楽勝だよ。そのための力は、とっくに手に入れてる。絶対やれるよ！」

励ますようなリーシャの言葉を最後に、徐々に止まっていた時が動き出した。

僕を押しつぶそうとしていた文字の羅列《られつ》も、理解されることなく消えていく。同時にリーシャの姿も薄れていく。

――そして数秒後には、元通りの世界が広がっていた。


「みんな、大丈夫だった？」

「アレス、いきなりどうしたの!?」

そうして我に返った僕を、怪訝《けげん》そうなティアの顔が迎える。

どうやら本当に、時間は経《た》っていないらしい。だとしてもピンチには変わりない。今この時にも僕たちを食らいつくそうと、黒い染みが浸食を続けているのだから。

「落ち着いて、お兄ちゃん。お兄ちゃんは、ちゃんと解決策を見つけてるはず。この程度のバグなら、簡単に勝てるよ！」

聞こえるのはリーシャの声。

あの文字の洪水から、何かを思い出せと言うのか。

そんなことは不可能だ。それでもこの窮地《きゅうち》を脱するには、やるしかない。

あそこで見た文字たちは、僕のスキルから生まれたものだ。できないはずがない。

自分にそう言い聞かせ、僕は記憶を辿っていく。

『デバッグ・コンソール！』

何度も何度も出てきた言葉だ。

意味は分からなくとも、文字を頭に浮かべて口にする。

「その調子だよ、お兄ちゃん！」

『Watch Variable（世界の変数を見せよ）』

『Extract Local（ローカルを抽出せよ）』

あの空間を漂っていた文字を、拾い上げていく。

時にはリーシャの言葉を頼りに。時には本能に従って。

「――ッ!?」

思わず言葉を失った。

世界が一変していた。


この世界はすべて、文字でできていた。

この世界はすべて、数字でできていた。

「お兄ちゃん、チャンスは今！　バグはコードには逆らえない！」

「――ッ!?」

迷う暇はなかった。

ついに黒い染みは、ティアにまで広がろうとしていた。

苦しみ始めた周囲の兵士たち。何も見えないティアは、ただただ怯えて僕に縋《すが》るような視線を向けてくる。

『null null null null null null』

『null null null null null null』

『null null null null null null』

――こいつだ。

この文字列こそが黒い染みで、僕が倒すべき敵だ。

世界そのものに自由に干渉《かんしょう》する力。

僕は、指先一つで世界を書き換えていく。目の前の敵を消していく。

「あ、アレス!?　いったい何を――」

「ティア、もう大丈夫。ちゃんと理解したから。安心して」

「そう」

思えばこれこそが、僕が授かったチート・デバッガーというスキルの真の姿なのだろう。

この黒い染みには、ビッグバンもブラックホールも通用しない。こいつらは世界の理《ことわり》の外に居るのだから。でも僕だけは、そこに干渉することができる。

無我夢中だった。

気が付けば苦しんでいた冒険者たちが、一様に立ち上がっていた。

誰もが祈るように、こちらを見ている。どうやら無事だったようだ。そうして――、

「終わった」

僕はどうにか視界に入る黒い染みを、すべて消し去ることに成功した。


カオス・フィールドを駆逐《くちく》しました。

絶対権限が6になりました。

デバッグ・コンソールを初めて使用しました。

絶対権限が7になりました。

絶対権限が8になりました。


脳にいつもの言葉が響く。

どうやらスキルのレベルが、一気に三つも上がったようだ。

「やったのね、アレス！　いきなりみんな苦しみ出して。でも私じゃ、どうしようもなくて。本当に、どうすればいいのかって……」

思わずといった様子でこちらに駆け寄り、涙目で無事を喜ぶティア。

「アレス、もう大丈夫なのよね？」

「うん、危ないことに巻き込んでごめん。もう大丈夫」

よほど怖かったのだろう。普段は見せない怯えた顔のティアを安心させるように、僕は笑みを浮かべてみせた。

正体の分からない敵。突如として訪れた体の不調。恐怖でしかなかっただろう。

そうして張りつめた空気が緩み、

「ご、ごめん」

「あ……。別にアレスが謝ることじゃ――」

どちらともなく、パッと距離を取る。

とっさの勢いで、ティアの顔がすごく近くにあったのだ。改めて意識すると、ティアはとんでもない美少女である。勝ち気な彼女が見せた普段とは違う一面に、僕は思わぬ不意打《ふいう》ちを食らってしまう。そんな僕たちの間に、

「やったね、お兄ちゃん！　ほんとうに流石だよ～！」

ぱわんと空中から、あの空間で出会った少女が現れた。

そうして呆気《あっけ》に取られる周囲を余所《よそ》に、そのまま僕に抱きついてくるではないか。みるみるうちに、ティアの視線が氷点下にまで下がった。

「え、ええっとティア！　これは――」

ティアの冷たい視線を前に、僕はしどろもどろに言い訳を始めるのだった。


突如として空中から現れた金髪の少女。

間違いなく、あの空間で出会った少女のようだ。しかし何故か分からないが、服を着ていない。生まれたままの姿――つまりは全裸である。

居合わせた兵士たちは、サッと目を逸らした。

「あ、あ、あ、あなたはアレスのなんなのよ⁉」

「え？　リーシャはアレスの妹だよ？」

リーシャが僕に抱きついたまま、首を傾げる。

「嘘《うそ》おっしゃい！　いいからアレスから離れなさいよ！」

「や！」

ギュッと僕にしがみつくリーシャ。

「ねえ、アレス？　その子が妹って、ほんとうなの？」

「ええっと……」

僕はチラッとリーシャを窺う。

彼女はこくこくと頷いた。そういうことにしておいて欲しいらしい。

彼女の正体は、実のところまだよく分からない。それでも窮地を救われたことは事実。リーシャに害意がないのは間違いないだろう。

うん、ここは父上に犠牲になってもらおうか。

「この子――リーシャは、その……。僕の、生き別れの妹だよ」

「そ、そうなの？　アレスのお父様に、隠し子が居たなんて……」

ティアがショックを受けたように、リーシャを見る。

貴族の隠し子。珍しくはないけど、すんなり受け入れられすぎじゃないかな。

「えへへ！　妹ならお兄ちゃんに抱きつくのは、当然だよね？」

「それとこれとは、別よ！　まずは服を着なさい。どこから現れたのよ⁉」

ティアがついに実力行使。リーシャの手を引っ張り、強引に僕から引っぺがそうとする。

「ティアお姉ちゃん、どうしてそんなに怒ってるの？」

「怒ってはないわよ！（ちょっと羨《うらや》ましいだけで……）」

ぶんぶんと首を振り、はて？　とティアは首を傾げる。

「お姉ちゃんっていうのは？」

「え？　だってティアはお兄ちゃんと結婚するんだよね？　なら……私のお姉ちゃん！」

「（け、け、け、け、結婚⁉⁉）お、お姉ちゃん？　私がお姉ちゃん？」

どうやらリーシャの言葉のどこかが、ティアの琴線《きんせん》に触れたらしい。ティアは顔を真っ赤にして、俯いてしまった。

「いきなり何を言い出すの、リーシャ⁉　ごめんね、ティア。リーシャがいきなり、変なことを言い出して……」

「アレス――」

怒らせてしまったかと慌てる僕だったが、

「この子、めちゃくちゃ可愛《かわい》いわね！」

パッと顔を明るくすると、ティアはギュ～ッとリーシャを抱きしめた。

「私、ティアお姉ちゃんみたいな、お姉ちゃんが欲しかったの！」

「リーシャは本当にいい娘《こ》ね！　アレス、妹のことは大事にするのよ！」

どうなることかと思ったが、あっさりリーシャを受け入れるティア。

「リーシャは、今まではどうしてたの？」

「その、ごめんなさい。あまり言いたくないの……」

消え入りそうな声で、リーシャが呟いた。

あっという間にボロが出るのではないかと、僕はハラハラと二人を見守っていたが、

「か、可哀想《かわいそう》に。父に捨てられて、新たな家族からは虐待《ぎゃくたい》されて。たまたま通りがかったお兄ちゃんに、助けを求めたのね！」

「え？　それは違――」

「無理して喋《しゃべ》らないでいいのよ！」

何故かティアの中では、そんな結論が出てしまった。

「アレス！　お兄ちゃんとして、これからは責任持ってリーシャを守るのよ！」

さらにはピンと指を立てて、そんなことを言い放つ。

うきうきとリーシャの世話を焼くティアを見て、僕は彼女の新たな一面を見た気がした。

「リーシャ、取りあえずこれを着てなさい」

「ありがとう、お姉ちゃん！」

ティアから借りた上着を身に着けながら、

「でも、私――お兄ちゃんに服、作って欲しいな」

リーシャが上目遣《うわめづか》いで、そんなことをお願いしてきた。

服を作る、か。そんなことできるかな？

手に入れたコードを思い出しながら、僕は考え込む。アイテムの個数変更は、あくまで手に入るのはアイテムだしなあ。

絶対権限：8
現在の権限で使用可能な【コード】一覧
↓アイテムの個数変更（▲エクスポーション▼）
↓魔法取得（▲ブラックホール▼）
↓ユニットデータ閲覧
↓バグ・サーチ
↓スキル付け替え（NEW）（▲極・神剣使い▼）

僕の絶対権限は一気に三つ上がり、なんと八になっていた。

なんだか見覚えのないやばそうなコードが増えてるような。

新たに解放された機能は——スキル付け替え？　しかも【極・神剣使い】って、弟のゴーマンが手に入れた極・スキルだったような？　まあいいか。

僕は「▼」をポチっと押し、早速、新たなコードを試してみた。

【コード】スキル付け替え
※選択可能なスキルは以下の通りです。
↓　極・神剣使い
↓　極・精霊使い
↓　極・装備技師
↓　？？？（絶対権限13以上で解放）

「わくわく、わくわく！」

リーシャは、無邪気な笑みを浮かべていた。

まるで僕が失敗することなど、考えもしていないように。

「え、ウソ？　アレス、衣装なんて本当に作れるの？」

「頑張ってみる」

僕は【極・装備技師】のスキルを自らに装着した。

装備技師。それはモンスターの素材から、鍛冶《かじ》レベルに応じた装備を生み出すスキルである。そのスキルを持つ者は、鍛冶師が天職とされた。

さっそく僕は、リーシャの衣装作成に取り掛かる。

「リーシャ、どんな服がいい？」

「お兄ちゃんに任せるよ！」

無垢《むく》な笑顔で、なんとも無茶ぶりをしてくるリーシャ。

この子に似合いそうな服かあ。僕が思い出したのは、あの空間で見たリーシャの姿だった。ふんわりフリルの付いた真っ白なワンピースに、頭の上の特徴的なリボン。

初めて会った時に感じたミステリアスさ。

それでいて年相応の笑みを見せる無邪気さ。

リーシャのために作る衣装となれば、あれ以外にはあり得ない気がしてきた。

「素材は、これ。ええっと……」

まずは合成のもとになる素材を、目の前に並べてみた。低ランクの素材しかないが、今は特に装備品の性能までは求めていない。

「装備錬成！」

僕がスキルを使うと、素材がカッと眩《まばゆ》い光に包まれる。やがて光が消えて、目の前にイメージ通りの装備品が現れた。

「リーシャ、どうかな？」

「これは――」

一瞬だけ、リーシャは複雑そうな顔をしたが、

「ありがとう、お兄ちゃん！　すごく嬉しい！」

リーシャはワンピースを身に着け、その場でくるっと一回転。

ひらひらと裾が舞う。

「どう？　似合う？」

「うん、イメージ通り。すごくよく似合うよ」

くるくる、くるくる。

楽しそうに駆け回るリーシャを見て、僕はほっと息をついた。

「ねえ、アレス。クラフトスキルを使うのは、初めてなのよね？」

「もちろん。ついさっき覚えたスキルだし」

「それで、あれを生み出すのね。相変わらずぶっ飛んだ性能ね。あのワンピース、なかなかにとんでもないわよ」

「え？　僕、何かまずいことした？」

きょとんとする僕に、ティアは首を振りながら、

「あのワンピースの生地、全属性に耐性があるハーモニア絹糸《けんし》でできてるわね。おまけに支援魔法がエンチャントされてる。文句なしに最高ランクの装備品――お店でも、なかなか買えるものじゃないわよ」

「そんな大げさな。普通にスキルを使っただけだよ」

「それが、極・スキルの性能なのよ。アレスの規格外っぷりは今に始まったことじゃないけど、またとんでもないスキルを手に入れたわね」

ティアは、しみじみとそう呟くのだった。

「本当に助かりました。あなたたちが居なければ、どうなっていたことか」

「想像するのも恐ろしいです」

森を出た僕たちは、街道に戻る。

冒険者たちは、すっかり恐縮した様子で僕に頭を下げていた。

「こちらこそ、巻き込んでしまってすいません。お役に立てて良かったです」

もともとカオス・スパイダーが動き出したのは、僕を見てからだ。その後のバグについては、言わずもがな。

「そ、そんな。巻き込んだなんて、とんでもないです！」

「犠牲者《ぎせいしゃ》が何人出ても、領主様はまるで聞く耳を持ちませんでしたから」

「変異種で手に負えないと救援要請を出しても、カオス・スパイダーぐらい自分たちで倒せ！の一点張りで。いつ無茶な突撃命令が出るかと不安で――あっ！」

話している途中で、僕がもともとは領主の息子であることを思い出したらしい。

青ざめる冒険者たちであったが、

「気にしないでいいですよ。でもそんなことが……」

彼らを責めることなど、できるはずもない。

冒険者たちの手に負えないモンスターが現れたのなら、領を治める者としてアーヴィン家は適切な対処をする必要がある。自ら討伐してもいいし、近隣の領に助けを求める手もある。冒険者たちにすべてを押し付け放置するなど、愚《ぐ》の骨頂《こっちょう》であった。

「いずれはアレスさんのように、立派な人になりたいと思います」

「アレスさんは我々の目指すべき姿です！」

「これからの旅の無事をお祈りしています！」

冒険者たちに頭を下げられながら、僕たちはティバレーの街に向かう。

【SIDE: アーヴィン家】

それは神託の儀から、数日が経った日のことでした。

ゴーマン様は数日前から、そわそわと浮かれた様子を見せていました。

「ふっふっふ。俺はアーヴィン家の当主になる男だ。アレスと仲が良かったようだが、ティアだって俺を見たらすぐに俺に惚《ほ》れるに違いない。リナリーもそう思うだろう？」

「左様《さよう》でございますね」

私――リナリーは、淡々《たんたん》とゴーマン様にお茶を注ぎます。感情のこもらない相槌《あいづち》にも、ゴーマン様は気持ち良さそうに頷きました。

ゴーマン様の専属メイドになってから、私は個人的に呼ばれることが増えていました。

専属メイドなんて、普通なら大抜擢《だいばってき》です。下手すれば同僚に嫉妬《しっと》されてもおかしくないでしょう。

それなのに私は、むしろ同僚には感謝すらされていました。ゴーマン様の相手を押し付けてごめんなさいと、感謝されたこともあります。

「アレスのような軟弱者《なんじゃくもの》の婚約者なんて、ティアも嫌だったに違いない！　ふっふっふ、それでも結果的には、俺の妻となれるのだ。ティアの奴も幸せだ。リナリーもそう思うだろう？」

「その通りでございます」

ティア・ムーンライト――それはとても可愛らしいお嬢様でした。

初めは、なかなか人を寄せ付けない難しい方だったそうです。それでもアレス様の努力の甲斐あって、最近ではアレス様と仲睦《なかむつ》まじそうに領内を観光する姿も確認されています。

政略結婚でありながらも、関係は良好なものに見えました。ゴーマン様の言う通りになるとはとても思えませんが、もうじき屋敷を去る私には関係ないことですね。

その知らせが届いたのは、そんな日々の中でした。

「ゴーマン様。ムーンライト家から使者がいらっしゃいました」

「おお。ついに俺とティアの婚約が、正式なものになるのだな！　ついに顔合わせだ。すぐに向かおう。どれだけこの日を待ったことか」

「はあ？」

「それが、どうもアーヴィン家との縁談自体をなかったことにして欲しいと――」

ウキウキと立ち上がったゴーマン様は、ぽか～んと口を開くのでした。


豪華な装飾品の置かれた応接間。

そこではムーンライト家の使者と領主様が、顔を突き合わせていました。

「ティアとの婚約をなかったことにしたいって。どういうことだよ！」

勢い良く乗り込み、ゴーマン様がまくし立てます。私もゴーマン様の専属メイドとして、同席を許可されました。

「ゴーマン、落ち着きなさい」

「これが落ち着いていられるか！　あの野郎が居なければ、ティアは俺のものになるんだろう⁉」

ゴーマン様のあまりな物言い。

これにはムーンライト家の使者が、唖然《あぜん》としました。

「ゴーマン、アレスを追放して縁談を破談にしたのは我々だ。この縁談を受けるも受けないも、すべてはムーンライト家の意向次第だ」

「そんなのは、あいつが外れスキルを持つゴミだったのが原因だろう！」

「そんな事情は関係ないのだ。決定権はすべて向こうにある」

「なら一度、ティアに会わせてくれよ。俺に会えば、俺がアレスなんかより優れてるってことが、一発で分かるはずだ！」

椅子から立ち上がって喚き散らすゴーマン様。

「ゴーマン様のことは、よく分かりました。あなたのような人に、うちの大切なお嬢様はお任せできません。どうやら縁談は、断って正解だったようですね」

きっぱりと言い切るアーヴィン家の使者。

「なんだと⁉」

ゴーマン様は、いきりたって使者に掴みかからんとしましたが、

「――――ッ！」

使者は、ゴーマン様を鋭くひと睨み。それだけで気圧《けお》され、ゴーマン様はへなへなと椅子に座り込んでしまいました。

そんな彼に追い打ちをかけるように、使者が言葉を続けます。

「お嬢様は、アレス様を追いかけて家を飛び出してしまったのです」

「そ、そんな馬鹿な。だってあいつらは、ただの政略結婚で」

「アレス様が追放されたと聞いて、お嬢様は随分と取り乱しておりました。結局はお父上を相手に啖呵《たんか》を切って、地位を捨ててでもアレス様を追いかけると家を飛び出してしまって」

使者は苦笑しながら、そう言いました。

「失礼、無駄話でしたね。これ以上、お話しすることはないでしょう」

そう言い残して、ムーンライト家の使者は去っていきました。

ゴーマン様は、信じられないとばかりに目を見開きわなわなと震えていましたが、

「くそっ。くそっ！　こんな屈辱《くつじょく》――アレスめ、絶対に許さねえぞ！」

ゴーマン様は机の上にある皿を手に取り、壁に叩きつけました。

感情のままに荒れ狂う彼を、こうなったら止めることはできません。

ひと通り暴れてスッキリしたのでしょう。

「おい、貴様ら。きちんと片付けておけよ」

その場に居た使用人にそう言い残し、ゴーマン様は部屋に戻っていきました。

三章　神殺しの称号

途中で馬車を拾い移動すること半日ほど。無事、僕たちはティバレーの街に到着した。

「お兄ちゃん？　ティバレーの街って、どんな場所？」

リーシャが街をきょろきょろ見渡した。

「そうだね。人口は一万人ぐらいかな。冒険者も頻繁に立ち寄る活発な街だね」

「ここで冒険者登録をする人は、かなり多いわ。そのせいか駆け出し冒険者向けのサービスも充実してるって話よ」

足元はレンガで舗装《ほそう》されており、整備の行き届いた街並みだった。街の中は人通りに溢《あふ》れており、活気に満ちている。

「そうだ。そんなワンピースじゃ心細いだろうし、まずは装備ショップを見ていこうか？」

「や！　これがいい！」

リーシャにそう言われ、思いっきり断られてしまった。

ぷ～っと頬《ほお》を膨《ふく》らませて、大切そうにワンピースを撫《な》でる。

「やれやれ。アレスにはこの子の気持ちが、何も分かってないのね？」

「え？　大丈夫だよ。女の子向けの装備屋は、可愛さと性能を両立した物も多い（らしい）から」

僕の言葉に、呆れたようなため息が二つ重なった。

（お兄ちゃんって、いつもこうなの？）

（そうよ！　私だって、さりげなく何度アプローチしても――ってなしなし！　今のなし！）

（ティアお姉ちゃんも苦労してるんだね……）

ヒソヒソと二人が何やら語り合う。仲良くなったようで何よりだ。

「そもそも装備品を買い替える必要なんてないわ。そのワンピースは最高クラスの装備品だって、最初に言ったじゃない」

「そう言われても、初めて作った物だから自信がなくて」

そんなことを話しながら、僕たちは冒険者ギルドに向かうのだった。


冒険者ギルドは、街の中央から少しだけ南に存在した。

クエストボードの前には多くの冒険者が押しかけており、とても賑《にぎ》わっている様子だ。昼間だというのに酒を浴びるように飲み、顔を真っ赤にしている冒険者の姿も見える。

僕はカウンターに進むと、受付嬢《うけつけじょう》に向かって話しかけた。

「すいません。冒険者として登録したいんですけど」

「かしこまりました、私はアリスと申します。よろしくお願いしますね」

制服のよく似合う年下の受付嬢――アリスさんは、ぺこりとお辞儀《じぎ》をした。

「最近は狂暴化《きょうぼうか》したモンスターが増えていて、深刻《しんこく》な人手不足なんですよ。冒険者登録は、いつでも歓迎してますよ」

そう言うとアリスさんは、人懐っこい笑みを浮かべた。

それからいくつか僕たちに質問をすると、書類に何やら書きこんでいく。

「今後はティバレーの街を拠点《きょてん》に、冒険者として活動されるつもりですか？」

「いいえ。基本的に一か所に留《とど》まるつもりはありません。しばらく休んだら、このまま魔界を突っ切るつもりです」

僕の言葉に、アリスさんは驚きに目を丸くした。

「魔界？　どうして、そんな命知らずなことを？」

「もちろん危険なことは知っています。それでも世界の果てを――師匠が見れなかった景色が見たいんです」

「なるほど、師匠さんの願いですか。応援してますね」

アリスさんが、柔らかく笑う。

「それでは、冒険者ランクを測定します。こちらの水晶に手をかざして頂けますか？」

「分かりました」

そう言ってアリスさんが取り出したのは、ステータスを測定するための水晶。

まずはティアが水晶に触るようだ。

ティア・ムーンライト
LV：28
HP：168　MP：81
ATK：123　DEF：74　INT：97　SPD：101

スキル：剣姫

「おおお。その年でレベル二八とは、なかなか頑張ってますね！　それにスキルも剣姫とは珍しい。将来有望だと思いますよ！」

「ありがとうございます！」

　ムーンライト領で、冒険者に交じって修行してきた成果だろう。

「どうよ、アレス！」

「すごいよ、ティア！　また腕を上げてたんだね！」

「ふふん、私にかかれば楽勝よ！（アレスに置いていかれないように、必死に修行していて良かったわ！）」

　ティアは、得意げな笑みを浮かべた。

「お兄ちゃん、次は私の番！」

リーシャ・アーヴィン
LV：13
HP：87　MP：50
ATK：64　DEF：45　INT：55　SPD：34

スキル：――――

「ふむふむ。こちらのお嬢さんは、魔法使いタイプですね。スキルはこれからですが、こちらも将来有望だと思いますよ」

「やった～」

リーシャが無邪気にぴょんぴょんと飛び跳ねる。

神託の儀はこれからだし、スキルを持っていないのは当たり前だ。

――それにしても、リーシャ・アーヴィンか。

僕は、リーシャをしげしげと眺めてしまった。先代のデバッガーであり、僕のスキル覚醒《かくせい》と同時に現れた謎深き少女。ステータス鑑定の結果でも、僕の妹だと認識されるのか。

「ほら、ボーッとしないで？」

「次は、お兄ちゃんの番だね！」

「あんまり期待しないでよ」

二人にせがまれ、僕は水晶に手をかざす。

アレス・アーヴィン
ＬＶ：４０

HP：308　MP：91
ATK：197　DEF：119　INT：125　SPD：106
スキル：チート・デバッガー

「レベルが四〇⁉　歴戦の冒険者にも匹敵する高さですよ。それになんですか、そのスキルは？　見たこともないですよ！」

「やっぱりこんなスキルは、見たことないですよね。神託の書に載ってないからって、外れスキルだと言われましたよ」

「そんな馬鹿な！　神託の書に載っていないってことは、ユニークスキルってことですよね？　どのアホ神官ですか。そんな馬鹿なことを言ったのは」

アーヴィン家が直々に雇った神官ですとは言えず、僕は苦笑いで誤魔化《ごまか》す。父上は、酒場で知り合った凄腕の神官だと自信満々に話していたっけ。

「どんなことができるんですか？　あ、ユニークスキルの内容ともなれば、重大な機密情報ですよね？　もちろん話せる範囲で構いませんが」

「ええっと、こんな感じでアイテムが生み出せます」

そう言いながら、やくそうを出して見せた。アリスさんはギョッとした顔で、取り出したアイテムをしげしげと眺めていたが、

「本当にやくそうですね！　これ、実際に使えるんですか⁉」

興味津々といった様子で、そんなことを僕に聞いてきた。

「もちろんです」

「すごいですね！　どんな旅でもHP回復アイテム要らず。便利すぎる能力です！」

「他にも魔法が取得できるようになったり、敵のステータスが見れるようになったり――」

「はあああ!?　とても一つのスキルでできるようになることじゃないですよね？　長年、ここで働いてきましたが、アレスさんのスキルほど珍しいものは初めて見ました！」

興奮したように畳《たた》み掛けるアリスさんだったが、

「おほん、すいません。珍しすぎるスキルを前に、思わず興奮してしまいました」

やがて我に返ったアリスさんは、恥ずかしそうに咳払《せきばら》い。テキパキと冒険者ライセンスを発行し、僕たちに手渡してくれた。

冒険者ライセンスは、モンスターの素材の売買や、クエストの受注に必要となる。世界を旅するなら、必須《ひっす》にも近いアイテムであった。


そうして僕たちが、冒険者ライセンスを受け取った直後――。

「た、大変だ!!　ついに例のカオス・スパイダーをどうにかしろって、お達しが出たぞ！」

冒険者らしき男が、駆け込んでくる。

「な、なんでそんな無茶を!?」

その言葉を聞いて、アリスさんは悲鳴のような声を上げた。

「緊急クエストを発令します。ごめんなさい、冒険者登録の続きはまた今度でお願いします」

それからアリスさんは、申し訳なさそうに頭を下げた。本来なら、簡単なテストと共に冒険者ランクを決めて、先輩冒険者により手ほどきを受ける流れだったそうだ。

緊急事態なら仕方がない。

「くそっ。やっぱり領主様は動かなかったか」

「高い税金を持っていくくせに、緊急事態には冒険者に丸投げ。あいつら、王宮からの覚えを良くすることにしか興味がねえ」

「俺は嫌だぞ！　変異型のカオス・スパイダーの相手なんて。勝てる訳がねえ！」

発令された緊急クエストに、冒険者たちは悲鳴を上げていた。

「街道に現れた例のカオス・スパイダー？」

「はい。ここから馬車で半日ほどの場所に、変異型のカオス・スパイダーが現れまして――」

「安心して下さい。それならさっき倒したところです」

たぶん、あれのことだよね？

「は？　……冗談ですよね？」

「恐ろしい相手でした。魔法も物理攻撃も効かなくて。最終的には、ブラックホールが有効手になりました。闇属性が弱点で良かったです」

「ブラックホール？　その年で、どうやって魔法を？　それではアレスさんたちが、本当に倒してしまったんですか？」

「はい。確認して頂いても構いませんよ」

いまだに信じられないという反応。

どうやら討伐に成功したという情報は伝わっておらず、入れ違いになったらしい。

「少々お待ち下さい」

アリスさんは、慌《あわ》ただしく奥の部屋に引っ込んだ。通話魔法を使って確認していたが、それから少しして、

「皆さん、ご安心下さい。確認したところ――本当にカオス・スパイダーは討伐されているようです！」

そう宣言した。

「「「おおおおおお!!!」」」

冒険者ギルドの中に、歓声《かんせい》が響き渡った。

特にギルドの隅で酒を飲んでいたパーティの喜びは、ひときわ大きかった。彼女たちは、街に滞在している中で最高ランクのパーティだったそうだ。緊急クエストが発令されたら、真っ先にカオス・スパイダーに挑む羽目になっていたらしい。

「私たちのパーティでは、どう考えても力不足だった。いつ緊急クエストが発令されるかと、ヒヤヒヤしていたんだ」

「絶対、俺たちに回ってくると思ってた。そんなクエストを受けたら、命がいくつあっても足りねえ。本当になんとお礼をすればいいか！」

そう泣きながら感謝されてしまった。

「アレスさんたちの実力は、測るまでもありませんね。まさか単独でカオス・スパイダーの討伐を成し遂げるとは。Eランクからのスタートで、どうでしょうか？」

アリスさんが、冒険者登録の手続きを進めていく。

冒険者ランクは、ＳＳＳ〜Ｇランクまでに分類される。ＳＳＳランクは歴史上でも、世界に一人しか存在しない伝説の冒険者だ。

ティアによると、登録したての冒険者は普通ならＧ〜Ｅランクのライセンスを発行されるそうだ。Ｅランクからスタートというのは、その中では最高位だった。

「おいおい、そりゃないいんじゃないか？」

「そうだな、緊急クエストをあっさり解決してみせた彼らの実力。最低でもＤランク、Ｃランクにしても文句を言う奴は現れないだろう」

不満そうだったのは、先ほど頭を下げてきた冒険者たちだ。

「申し訳ありません。それほどの戦果を挙げていらっしゃる方を、Ｅランクというのは心苦しいのですが、規則ですので……」

「Ｅランクで構いませんよ。リーシャもティアも、それで大丈夫だよね？」

「お兄ちゃんが大丈夫なら、それで！」

「私も問題ないわ」

二人が頷いたのを確認し、僕はアリスさんにそれで構わないと告げた。

「それにしても、ものすごい新人が入ってきたな!!」

「カオス・スパイダーを単独で倒すほどの腕を持ちながら、欲がないなんて！」

そして何故か、僕たちにはさらなる尊敬《そんけい》の視線が向けられていた。

その日、僕たちはＥランクの冒険者になった。

その後、僕たちは宿を探すことにした。

ティバレーの街まで移動した疲れは大きい。それだけでなく、カオス・スパイダーとの戦闘の疲労も残っており、今日は休もうと満場一致《まんじょういっち》であった。

僕たちが選んだのは、冒険者も愛用している手頃な価格の宿である。

「すいません、二部屋取りたいんですが」

「申し訳ございません。今日はもう満室で、一部屋しか空いてないんですよ」

受付で申し訳なさそうに、そう言われる。

一部屋か。ティアとリーシャも一緒だし、男女で同じ部屋は流石にまずいよね。僕は、別の宿を探そうと思ったが、

「やった！　お兄ちゃんとお泊まり!!」

リーシャは、ウキウキとそんなことを言い出した。

「え？　リーシャはアレスと泊まるつもりなの？」

「うん！　兄妹《きょうだい》は一緒に寝るのが、当たり前だよね？」

「そ、そうなのかしら？」

ちらっ、ちらっと僕の方を見てくるティア。

いやいや、そんな当たり前、初めて聞いたけど!?

当たり前のようにリーシャが言うので、ティアはすっかり納得してしまったようだ。

「ま、まあ。そんなに言うなら。い、一緒でいいんじゃない？（アレスの寝顔が見られる！）」

妙にそわそわするティア。

「ティア　どうかしたの？」

「なんでもないわよ！」

僕が聞き返すと、ティアはプイッとそっぽを向いてしまった。それでも一緒の部屋に泊まることに、ティアも何故かノリノリだった。


僕たちの案内された部屋は、宿屋二階の小さな部屋だった。部屋を訪れた僕たちは、目の前に広がる予想外の光景に目を丸くしていた。

「な、何これ……」

「こ、これは……。予想外ね」

部屋に置かれたベッドは、たったの一つ。

恋人同士が一緒に眠るための大きなベッド——いわゆるダブルベッドになっていた。

ティアは顔を真っ赤にして、わなわなと震える。

「ぼ、僕はこっちのソファーで眠るよ」

これは……流石にない。

かといって今から宿を替えるのも面倒だ。部屋に空きがない以上、それが最善に思えた。

「え、一緒に寝ないの？」

「う、うん。流石にね……」

僕の答えに、リーシャが妙に残念そうな顔をする。

僕とティアは婚約者だ。そう考えれば別段問題ないかもしれないけど、流石に色々なステップを飛ばしている。ティアも同じだろうと思ったのだが、

「べ、別にいいわよ！」

「……え？」

「一緒のベッドでも、いいって言ったのよ！」

ちょっとだけ涙目になりながら、ティアはキッと言い放った。

そうしてティアは、ベッドの隅に腰掛ける。

「ほ、本当にいいの？　別に無理しなくても……」

「無理なんてしてないわよ！　明日、クエストを受けた時に、寝不足で活動できなかったら迷惑ってだけよ。別にアレスと一緒に寝たいとか、一緒のベッドで寝れて幸せとか、思ってる訳じゃないわよ!!」

まじまじと見られて、ティアは口早に誤魔化すように言う。

その顔はみるみる赤くなっていき、僕までこっ恥ずかしくなってきた。

「それなら大丈夫だよ。どこでも眠れるように、師匠には訓練を――」

「しのごの言わない！　早く寝るわよ！」

ティアは乱暴に言うと、自らのベッドの横をぽんぽんと叩いた。

……ティアが、そこまで言うのなら。

僕は勢いに気圧されるように、ティアの隣にちょんと座った。そうして微妙な距離感のまま、僕はティアと向かい合う。正直、だいぶ気まずい。

そんな空気をものともせず、ぴょんと僕たちの間に飛び込んでくる人影があった。リーシャだ。

「お兄ちゃん、お姉ちゃん！　まくら投げしよう！」

「リーシャは元気ねえ……」

僕とティアは、ふうと脱力する。

まだまだ元気いっぱいのリーシャ。リーシャは僕たちの空気などものともせず、その瞳は「お泊まり〜！」と無邪気にきらめいていた。


それから数十分後。

そこにはスースーと平和に寝息を立てるリーシャが居た。ちゃっかりまくら投げを満喫《まんきつ》して、遊び疲れて眠くなったようだ。

「むにゃむにゃ。お兄ちゃん、お姉ちゃん！」

「眠っちゃったみたいね」

「ずっと、はしゃいでたからね。遊び疲れたんだと思う」

リーシャの正体はさておき、今の体は年相応の子供である。幸せそうに微笑むリーシャを見て、ティアが優しい笑みを浮かべた。

「むにゃむにゃ、お兄ちゃん。私みたいにちっちゃな子が好きだからって、いきなり話しかけたらダメだよ？　不審者に見えちゃう」

「え？　リーシャ、どんな夢を見てるの⁉」

「やっぱりアレスは、小さい子が好きなの？」

やっぱりって何!?

何故かティアから、ジト目が向けられた。

「そういえば最初に抱きつかれたときも、まんざらでもない顔してたわよね?」

「誤解だよ! 驚きで固まってただけだって!」

「ふ〜ん……?」

ぶす〜っといきなり不機嫌になるティア。彼女の機嫌の悪くなるスイッチが、サッパリ分からない。絶妙な居心地の悪さは、結局、ティアが寝付くまで続くのだった。


翌日の早朝。

「お兄ちゃん、お兄ちゃん?」

リーシャに揺すられて、僕は目を覚ました。

ティアは隣で、スースーと規則正しい寝息を立てている。

「どうしたの、こんなに早く?」

「私に聞きたいことあるよね? そろそろ話しておいた方が、いいと思って」

リーシャの真剣な表情を見て、僕はつられて頷く。

部屋を移し、僕とリーシャは改めて向き合うように座り直した。

「リーシャは先代のデバッガーなんだよね? 君もチート・デバッガーのスキルを持ってるの?」

「ううん、それは前世の私。今の私は、ただの一般人。特別なスキルは持ってないよ」

僕の質問に、リーシャは首を振って否定する。

「このスキルは、そもそもなんなの？　ただの外れスキルじゃないのは分かったけど。ちょっと、普通じゃないよね？」

「お兄ちゃんが手に入れたチート・デバッガーは、世界にたった一つのユニークスキル。文字通り世界そのものに干渉して、自由自在に操る――そういうものだよ」

「世界そのものに干渉？」

思わず笑ってしまうような言葉だが、リーシャの顔は至って大真面目。そして僕も、それを冗談だとは思えない光景を目にしていた。

思い出すのは、静止する時の中で文字が乱舞する景色。

この世のすべてが、文字列と数字で構成されていると気付いたあの瞬間。

――たしかにあの時、僕は世界に干渉していた。

「そういえばバグってなんなの？　カオス・スパイダーもそうだけど、バグ・モンスターとも関係があるんだよね？　それに、リーシャと出会った時のあれも……」

森の中での出来事を思い出し、思わず言いよどむ僕。黒い染みが自分たちを覆いつくそうとする異様な光景は、正直なところトラウマだった。

「放っておくと、いずれは世界がバグに包まれて消えてしまう。例えるならバグは、世界を侵すガンみたいなものなんだよ」

「それは穏やかじゃない話だね」

世界を蝕《むしば》み、死に追いやる自然現象。

それこそがバグだと、リーシャは大真面目な顔で口にした。

「だから私はデバッガーの能力を授かってから、世界を守るためにずっと戦ってたんだ。最後はバグに呑《の》まれて消えちゃったけどね」

「――ッ！」

「こうして私が妹として存在するのは、お兄ちゃんをデバッガーとして導くためなんだ」

リーシャは軽い口調で自らの過去を語ったが、それは壮絶《そうぜつ》なものだった。

「ちなみに一番大きなバグは、魔界の存在だよ。人類がモンスターに圧倒されてるのも元はと言えばバグのせいなんだって」

「え？　魔界ってバグなの？」

「うん。本来モンスターってのは、適度に現れて経済を回すだけのシステムだって女神様が言ってた。それが人類を圧倒するような勢力になっちゃったのは、バグのせいなんだってさ」

「そんな馬鹿な……」

それが事実なら世界の常識が塗り替わる。衝撃的な事実であった。

「だとすると、バグが消えれば魔界もなくなるの？」

こくりとリーシャが頷いた。

僕は笑みが溢れてくるのを、止められなかった。

――世界の果てが見たい。

それは口にするのは簡単で、叶えるのは途方《とほう》もなく難しい夢だった。

その最大の障壁《しょうへき》は、魔界の存在であった。どれだけ願っても、今の僕では魔界を踏破《とうは》する方法なんて見当もつかない。それが、もしバグを倒すだけで魔界が消えるというのなら――。

「お兄ちゃん、こんなことを背負わせてごめんなさい。でもバグに立ち向かえるのは、お兄ちゃんしか居ない。だから、どうか――」

「もちろん引き受けるよ。この世界のバグは、一つ残らず消し去るよ」

リーシャを安心させるように、僕は頷いた。リーシャは不安で仕方ないという顔をしていたが、パーッと花が咲いたような笑みを浮かべ、

「お兄ちゃん、ほんとうにありがとう！　ありがとう！」

何度もお礼を言いながら、僕に抱きついてきた。

無邪気に抱きついてくるリーシャを見ていると、本当に妹ができたようだ。勢いよく飛び込んできたリーシャを受け止め、

「リーシャ、その代わりだけど――一つお願いがあるんだ。この話は、ティアには内緒にしておいて欲しい」

真剣な表情で、僕はリーシャにそう頼む。

「え？　ティアお姉ちゃんに？」

「うん。ただでさえ、こんな旅に巻き込んじゃったんだ。バグと戦うことを選ぶなら、どれだけ危ない目に遭《あ》うかも分からない。これ以上は巻き込めないよ」

「……それがお兄ちゃんの判断なら。でもティアお姉ちゃんなら、すべてを知っても、お兄ちゃんに付いていきたいんじゃないかな？」

「だからこそだよ」

リーシャは口を尖《とが》らせたが、僕としても譲る気はなかった。

そんなことを話していると、

「う、う〜ん……。二人とも起きてたの？」

ガラガラっと扉が開いた。

見れば眠そうなティアが、目をこすりながら立っており、

「な、な、な！　どういうことなのよ、アレス〜！」

「テ、ティア⁉」

僕とリーシャは、抱き合ったままフリーズする。やがてティアの悲鳴のような声が、宿中に響き渡るのだった。

◆◇◆◇◆

朝のひと悶着《もんちゃく》から数時間後。

僕たちは再度、冒険者ギルドに向かっていた。

「ティア、誤解だって！」

「べっつに〜。何も気にしてないし！」

ぷりぷり怒りながら、そっぽを向くティア。

「あ、明らかに怒ってるじゃん」

「だって、せっかく一緒に寝ることになったのに。アレスったら、あっさり寝落ちするし」

「え？」

「なんでもないわよ！（私ったら何を言ってるの!?）」

顔を真っ赤にして、慌てて首を振るティア。

怒っていないと言いながら、終始《しゅうし》この調子である。

一方、そんな僕たちを余所に、リーシャは街中をキョロキョロ見渡していた。早朝の街中では、料理を売る屋台が並び、あちこちからいい匂いが漂っていた。リーシャが、ふらふら〜っと屋台に吸い寄せられていく。

「って、リーシャ！　あんまり離れちゃ駄目《だめ》よ？」

「は〜い！　ごめんなさい、お姉ちゃん」

ティアの声に、トコトコと戻ってくるリーシャ。

えへへと笑うリーシャの髪を、ティアがくしゃくしゃっと撫でた。

「というかアレス。結局、この街でクエストを受けるの？」

「うん、そのつもり」

「この街を拠点にするつもりはないのよね？」

「うん、いずれは旅立つつもり。だけどしばらくは、スキルを育てないとね」

今の強さで魔界に向かうのは自殺行為である。

「アレスのスキルは、まだ分からないことも多いものね。魔界に行く前に、少しでもスキルの秘密を解明しておきたいところよね」

ティアは、納得したように頷いた。

「あ、アレスさん！　また来て下さったんですね！」

冒険者ギルドのカウンターに向かうと、受付嬢のアリスさんが嬉しそうに声を上げた。

「はい、クエストを受けたいと思って」

「街には長く留まらないのかと思ってました。アレスさんのような冒険者が街に居ると思うと、心強いです。今日はどのようなクエストをお探しですか？」

「成りたての冒険者が受けるような、初心者向けのクエストをお願いします」

僕は頭を下げた。

「え？　アレスさんほどの実力者が、初心者向けクエストですか？」

「はい。駄目ですか？」

「駄目ということはないですが、アレスさんたちには簡単すぎるかと」

少し困った様子で、アリスさんは棚からクエストが貼られた板切れを持ってきた。

アリスさんが持ってきた板切れには、様々なクエストが貼られていた。先輩冒険者が講師として付いてきてくれる新人教育用のクエストのようだ。

「『C級冒険者以上の方がバッチリ引率《いんそつ》！　初めてのダンジョン探索はこちら！』だって。お金はかかるみたいだけど、これなんか良さそうじゃない？」

そして僕が目を付けたのは、ダンジョン探索のクエストだった。

「お兄ちゃん。だんじょんって、な～に？」

「ダンジョンというのは、洞窟《どうくつ》の中とかに自然発生するモンスターの巣のことですね。危険な場所ですが、妹さんも連れていく気ですか？」

「もちろん付いてくよ！　私だって、パーティメンバーだもん！」

不思議そうなアリスさんに、リーシャはえっへんとぺったんこな胸を張る。

「私も、ダンジョンに潜ったことはないわね。いい経験になりそうね」

「私も、私も！　ダンジョン、見てみたい！」

ティアとリーシャの同意も得られたので、僕は改めてアリスさんに頼むことにした。

「新米冒険者育成プランは、先輩の手が空いてる時にしか頼めないので、少しばかり時間がかかるかもしれませんが……」

申し訳なさそうに言うアリスさん。しかしどこからか話を聞きつけたのか、

「いいや、その引率係、是非とも俺たちにやらせてくれ！」

「あのアレスさんたちの戦いを、この目で見られるだって⁉　是非とも私たちのパーティで――」

「あんたらDランクやろ！　引率権持ってないだろ！」

「ぐはあ。そうだった……」

気が付けばギルドに居た冒険者たちが、僕たちの周りに集まっていた。

どうやらカオス・スパイダー討伐の一件で、すっかり注目されているようだ。

「えっと……？　僕たちは、ただの新米冒険者です。見ても何も面白いことなんてないですよ」

戸惑ったように言う僕だったが、冒険者たちの勢いは止まらなかった。

「今回は、ロレーヌさんたちにお願いします」

アリスさんはそう言って、とあるパーティを指名した。

やってきたのは三人組のパーティであった。そのパーティには見覚えがある。先日、カオス・ス

パイダーの緊急クエストを受けるはずだったパーティだ。あの時は、命を救われたと泣きながら感謝されたっけ。

「「よろしくお願いします」」

「私たちで力になれることは、精一杯やらせてもらおう」

頭を下げる僕たちに、ロレーヌさんからやけに気合いの入った返事が返ってくる。

そうして僕たちは、ダンジョンの探索に向かうことになった。

◆◇◆◇◆

ロレーヌさんのパーティは、彼女をリーダーとする三人組のBランクパーティであった。

リーダーのロレーヌさんは、槍《やり》を自在に操るベテランの冒険者だ。彼女を補佐するように、大盾を構えた大男と、支援役の魔術師が油断なく辺りを見渡している。

ロレーヌさんに連れられて、僕たちは洞窟の前にやってきた。通称『コウモリの洞窟』と呼ばれるFランク——最低ランクのダンジョンだ。

「安くはない授業料を払ってもらってるんだ。この間の恩返しも兼ねて、精一杯力にならせてもらおう」

「この間のことは、本当にたまたまですから。あまり気にしないで下さい」

きっとロレーヌさんは、とても義理堅《ぎりがた》い性格なのだろう。

「たとえ格下のダンジョンでも、油断すれば死を招く。最大限の警戒をしてくれ」

「「「分かりました！」」」

気合いは十分。

そうして僕たちは、初めてのダンジョンに足を踏み入れる。

「初めて見つけたモンスターは、とにかく防御を固めて様子を窺うんだ」

先行するローヌさんたちが、モンスターを見つけたようだ。

飛び回るコウモリ型のモンスターを見て、

『プロパゲーション！』

ローヌさんのパーティで盾役の男が、モンスターの前に飛び出し攻撃を集めた。

「アレスさんのパーティにも、盾役が一人居るとバランスが良さそうだな。こうやって攻撃を引きつけて観察すれば、自然と対応手も分かるようになるはずだ」

コウモリ型のモンスターを油断なく観察しながら、ローヌさんはそう言った。

なるほど、まずはモンスターの特徴を掴むべきということか。

「そういうことなら、鑑定スキルを使ってみますね」

『ユニットデータ閲覧！』

【コード】ユニットデータ閲覧

名称：ダンジョン・バット（ＬＶ６）

HP：63／63
MP：4／4
属性：弱↓氷
▲基本情報▼

「敵の名前はダンジョン・バット、レベルは六みたいです。氷が弱点なので、ティアの氷魔法で撃ち落とせると思います。ティア、お願いしていい？」

「任せて！　『アイシクルシュート』」

ティアが魔法を詠唱し、氷柱を発射する。

それは狙い違《たが》わずモンスターに命中し、敵を光の粒子に変えていった。

「驚いた。アレスさんは、そんな便利なスキルも持っていたのだな」

「流石お兄ちゃん！」

ロレーヌさんの言葉に、リーシャはぴょんと僕の背中に飛びつき得意げな笑みを浮かべた。


それからも僕たちは、順調にダンジョンを進んでいった。

「一閃！」

「氷華！」

「お兄ちゃん、お姉ちゃん！　頑張って～」

モンスターが現れたら、まずは僕が素早く解析して情報をメンバーに共有。ティアと協力してモンスターを倒していく。できるかぎり極・神剣使いのスキルを使い、僕は敵を倒していく。これもスキルを成長させるための工夫であった。

そうしてダンジョンを進むこと数時間後、先導していたロレーヌさんが突如として立ち止まり、困惑した表情を浮かべた。

「む？　おかしいな。昔はここが最深部だったのだが」

「どういうことですか？」

「昔来た時は、ここにボス部屋があったんだが、どこにも見当たらないんだ」

ボス部屋というのは、ダンジョンを支配するモンスターが居る部屋のことだ。ダンジョンの最奥《さいおう》部に存在しており、位置は変わらないとついさっき習ったばかりだけど……。

「ボス部屋の位置が変わるなんて、あり得るんですか？」

「高ランクダンジョンならあり得ないとは言い切れないが、ここはFランクダンジョンだしな。ましてボス部屋の位置が変わるなんて、聞いたこともないぞ」

考え込むロレーヌさん。

ボス部屋の代わりに現れたのは、さらに下層へ続く階段であった。どうやらダンジョンは、まだ奥まで続いているようだ。

「どうしますか？　もう少し進みますか？」

「ああ。記憶違いかもしれないしな」

違和感を覚えつつも、僕たちはさらにダンジョン奥部に突き進む。

しばらく進むと、これまで見たことがない巨大なモンスターが現れた。巨大なこん棒を持つ、一つ目の人型モンスターだ。

取りあえず僕は、いつものように『ユニットデータ閲覧』を放つ。

【コード】ユニットデータ閲覧
名称：ダンジョン・サイクロプス（LV56）
HP：963／963
MP：142／142
属性：耐性↓物
▲基本情報▼

な、何このステータス!? 僕は目を疑った。

これまで相手にしてきたダンジョン・バットは、レベル六がいいところだ。ところが目の前のこいつのレベルは五六。バグ・モンスターではないようだが、これまでの敵とはステータスが段違いだ。

『プロパゲーション！』

盾役の男が、これまでのようにダンジョン・サイクロプスの前に立ちふさがった。

その様子は、まるで流れ作業。警戒心の欠片《かけら》もない様子を見て、

「やばい相手です！　気を付けて下さい！」

「へ？　いきなりなんだ!?」

鋭く呼びかけたが手遅れだった。

大きく振りかぶり、ダンジョン・サイクロプスは一気にこん棒を振り下ろした。盾役の男は正面から受け止めようとしたが、堪《こら》え切れずに勢い良く壁に叩きつけられる。

「おい、しっかりしろ！」

『『アイテム所持数の増減』――エクスポーション！　ロレーヌさん、すぐにこれを！』

「エクスポーション!?　そんな物、いったいどこから？」

「これもスキルの効果です。疑問は後です、僕はあいつをどうにかします！」

「無茶だ!!　単独であれに挑むつもりか？　自殺行為だぞ!!」

言われなくても分かっている。

相手のレベルは、僕よりも遥《はる》かに上だ。まともにぶつかり合えば敵《かな》わない強敵だろう。それでも僕は、脇目も振らずに駆け出した。

このままではパーティ全体に大きな被害が出る。無我夢中だった。

「させるか！　『虚空《こくう》・裂斬《れつざん》！』」

僕は、倒れ込んだ冒険者に止《とど》めを刺そうとするダンジョン・サイクロプスに斬りかかる。

ギャアアアアア！

発動したのは、『極・神剣使い』の新技だ。次元ごと切断するかのような禍々《まがまが》しい斬撃。

その一撃は、こん棒を持つサイクロプスの腕をスパっと切り落とした。モンスターの絶叫が、ダンジョン内に響き渡るが、

名称：ダンジョン・サイクロプス（LV56）
HP：921／963

――大して効いてないか。

レベル差と物理耐性のせいだろうか。

見守る僕の前で、じょぼじょぼとダンジョン・サイクロプスの腕が再生していく。

「アレス、私の攻撃なら効くんじゃない？」

悩んでいると、ティアがそんなことを言い出した。

「試すにはあまりに危険だよ。ティアは僕の後ろに隠れてて！」

「で、でも！」

不満そうな顔をしつつも、僕の後ろに下がるティア。相手はレベルが五六もある化け物だ。一発でも貰えば、それが致命傷になりかねない。

僕は、必死に打開策を練る。

今、付けているスキルでダメージを与えられないというのなら、

「何か僕にできることを探さないと――『スキル付け替え』！」

【コード】スキル付け替え
※選択可能なスキルは以下の通りです。
↓　極・神剣使い（ＳＫＬＶ６）
↓　極・精霊使い（ＳＫＬＶ１）※装備中
↓　極・装備技師（ＳＫＬＶ２）
↓　？？？（絶対権限１３以上で解放）

「これなら！」

僕は、極・精霊使いのスキルを装着する。

【極・精霊使い】
ＳＫＬＶ１：中位精霊までを自由に召喚《しょうかん》可能

「顕現《けんげん》せよ――『イフリート！』」

僕の叫びに応じて、全身炎に包まれた炎の魔人が現れる。

咆哮《ほうこう》を上げてひと睨みするだけで、ダンジョン・サイクロプスは怯えたように後退《あとずさ》りする。怯えたことを恥じるようにイフリートに挑みかかったが、イフリートは振り下ろされたこん棒を鷲掴《わしづか》みすると、
バコーン！

ダンジョン・サイクロプスを殴り飛ばした。

「す、すごい！」

「圧倒的じゃない！」

唖然と見守る僕とティア。

イフリートは巨大な火弾を生み出し、モンスターに叩きつけた。それだけでダンジョン・サイクロプスは、あっさりと光の粒子になって消えていく。

それは精霊使いの名に恥じない圧倒的な戦いだった。

「アレスが、また訳の分からないことしてる。なんなのよそれ？」

「ええっと。新スキルです……」

僕の答えに、ティアは呆れたようにため息をついた。

「どうしてこんなモンスターが現れたんだろう。突然変異かな？」

「いやいや。いくら突然変異でも、あんな化け物がいきなり現れたら恐ろしすぎるでしょ」

ひと息つき首を傾げる僕に、ティアが冷静な突っ込みを入れる。しかし、悠長《ゆうちょう》に考えている暇はなかった。

ドガガガガガガ！

「な、何事!?」

突如として凄まじい轟音。そうして地響きが収まる頃、新たにモンスターの群れがダンジョン奥深くの通路から現れたのだ。

「じょ、冗談じゃねえぞ!?」

「ここに来てダンジョン内のモンスター大量発生――スタンピードだと!?」

視界に入ったのは、通路を覆いつくさんばかりのモンスターの群れ。その中に、先ほどあれだけ手こずったダンジョン・サイクロプスの姿もあった。

「ちくしょう。どうなってやがるんだ!?」

先ほど死にかけた盾役の男が、パニックを起こしかけたところで、

「落ち着け、引率者の我々が取り乱してどうする！」

ロレーヌさんが、そう一喝《いっかつ》した。

突如として現れた凶悪なモンスターのスタンピード。悪夢のような光景だった。

僕は、昨晩のリーシャの話を思い出していた。世界の歪みは、時に異常な現象を引き起こすという。すでに僕は、それを探るスキルを持っているはずだ。

『バグ・サーチ！』

【コード】バグ・サーチ
半径500メートル以内で、バグが利用されました。

「やっぱり……」

どうやらこのスタンピードには、バグが絡んでいるようだ。

「私たちが、しんがりを務める。少しでも時間を稼ぐから、アレスさんたちは街に戻ってスタンピードの発生を、ギルドに報告してくれ！」

一方、ロレーヌさんは悲壮な覚悟を固めていた。

「嫌です。先輩を見捨てて、逃げられませんよ！」

「だが、あの数が相手だ！　このままでは全滅だぞ!!」

「少しだけ試したいことがあります。やるだけやらせて下さい。……そしていざという時は、街への報告をお願いします」

「アレスさん？　いったい何を――」

この力なら、この場面を打開できるかもしれない。

一歩前に出て、僕は【極・精霊使い】のスキルを発動した。

「顕現せよ、イフリート・シルフ――あのモンスターたちを蹴散《けち》らせ！」

僕の呼び声に応えて現れたのは、炎の魔神と小さな妖精だ。

先ほどの戦いで、【極・精霊使い】はスキルレベルが二に上がり、同時に召喚できる精霊が二体になっていた。

精霊たちは僕たちを守るようにモンスターの前に立ちふさがり、モンスターに襲いかかる。イフリートが巨大な拳でモンスターに殴りかかり、高ランクモンスターを粉砕していく。一方、シルフは風魔法を駆使してモンスターを次々と吹き飛ばす。

「な、なんだこの戦いは。私は、夢でも見ているのか？」

ロレーヌさんが、戦いを見ながら呆然と呟いた。

モンスターは順調に数を減らしていったが、やはり数が多すぎた。倒し切れなかったモンスターが、僕たちの方にも流れ込んでくる。

「お兄ちゃん！　早く神剣使いを！」

「え？　でも、この状況で精霊が消えたら――」

「精霊は一度召喚したら、放っておいても大丈夫！」

今はリーシャの言葉を信じるしかない。僕はスキルを【極・神剣使い】に付け替え、

『虚空・破斬！』

精霊たちをすり抜けてきたモンスターに一閃。敵を光の粒子に変えていく。

――ホッとひと息。

それは一瞬の隙だった。視界の外で、何かが急に光った。

気が付けばこちらに向かって、超スピードのレーザーが飛んできていた。呪文の主はウィザード・ゴブリン。精霊の召喚主が、僕であることに気付いたのだろう。

——避けられない！

そう思った時、凛《りん》とした声が響く。

「アイシクルガード！」

ギーーーンッ！

まさに間一髪。飛んできたレーザーは、ティアの生み出した氷の壁に弾《はじ》かれる。

「ありがとう。助かった！」

「また一人で危ないことをして！　私のことは守ろうとしないでいいって。頼って欲しいってずっと言ってるのに！」

肩で息を切らしながら、ティアは何かを訴えかけるようにそう言った。

その瞳に高ランクのモンスターへの怯えはない。

「ティア。そこまで言うのなら——分かった。ここに現れるモンスターは、今までの敵とは格が違うみたい。とにかく気を付けて」

「それぐらい最初から覚悟してるわ（私だけ残される方が、よっぽど怖いわよ！）」

向き合うのは高ランクのモンスター。

それでもティアは気丈《きじょう》にレイピアを構え、決意と共にそう口にした。

細い通路だったのが、僕たちに味方したのだろう。イフリートとシルフをくぐり抜けてくるモンスターは、ごくごく少数であった。

「ティア！　そっちはお願い、弱点は氷！」

「任せて！　――氷華！」

ユニットデータ閲覧による解析結果を元に、僕たちはモンスターを葬《ほうむ》っていく。

一瞬の油断が命取りになる格上のモンスターとの戦いだ。それでも、不思議と負ける気はまったくしなかった。

どれほど戦っていただろう。体感では何時間も経った気がしたが、恐らく実際は一瞬のこと。

気が付けば、モンスターの群れがぴたりと動きを止めていた。そうして、諦めたようにサッと奥に引っ込んでいく。

「ふう、助かったのね……」

去っていくモンスターを見送り、その場に座り込むティア。

「お疲れ様、大丈夫？」

「なんとか……。なんでアレスは、そんなにケロっとしてるのよ」

ティアがうらめしそうにそう言った。

「ここまで来たら、原因を突き止めたいね」

「お兄ちゃん。もしかして進むの？」

「うん、進もう。きっと、この奥に原因があるから」

バグ・サーチにより現れた矢印は、今でもやかましいぐらいにダンジョンの奥を指している。

間違いない。この先に、何かがある。

そうして歩くこと数十分。僕たちはついにダンジョンの最深部に到着した。

目の前には、ダンジョンに不釣り合いな人工的に造られた巨大な扉。

「これがボス部屋なんですか？」

「ああ、この存在感。間違いない」

ロレーヌさんが、自信満々にそう答えた。

バグ・サーチにより現れた矢印は、今もうるさいぐらいにボス部屋の奥を指していた。

「アレス、どうするの？」

「……進もう」

ここで戻るぐらいなら、最初からこんなところまで来ていない。そうして僕たちは、ボス部屋に足を踏み入れた。


ボス部屋。

それはこれまで歩いていた洞窟とは異なる人工建造物だった。

狭い小道が中心だったダンジョンとは異なり、三〇メートルほどに広がる小部屋。中は等間隔で並ぶ青白い松明《たいまつ》に照らされており、どこか幻想的な空間であった。部屋の奥には巨大な女神像が二つ向き合うように並んでおり、禍々しい何かを祀《まつ》るための祭壇《さいだん》が存在している。

そしてボス部屋の中心に居たのは――、

「まさか……。ここに辿り着く人間が居るなんてね」

小柄な人間であった。ぼろぼろのマントを身にまとい、顔をフードで隠している。

「な——!?」

「ボス部屋に人間!?」

てっきりモンスターが待ち受けていると思っていたので、不意打ちであった。

なんにせよダンジョンのボスには違いない。

僕は油断なく武器を構えたまま、相手の情報を調べようとしたが、

【コード】ユニットデータ閲覧
名称：×（バグ・モンスター）
HP：×
SP：×
▲××××▼

「なっ——」

無効化された!?

「ふ〜ん、なるほどね。君が今代《こんだい》のデバッガーなんだね」

少年は面白がるように僕を見た。

「き、君はいったい……？」

「君がそれを知る必要はないよ、アレス・アーヴィン。何故なら君は、ここで死ぬからね！」

『Access: Security Hole（セキュリティの穴を突け）』

『Access: Event Start. 0x00003a2e. Evil God.（邪神イベントを起こせ）』

少年が何事かを呟く。この世のものではない未知の言葉。

「イベントコードの利用!? やっぱりあなたは――」

リーシャが小さく悲鳴を上げた。

目の前で、スキルでは説明できない〝何か〟が起きている。

――この少年は、たしかに世界を書き換えている。

ボス部屋の奥から、禍々しい気配《けはい》が漂い始めた。そしてそれは、どんどん増幅していた。

「いったい何を!?」

「イベント『封印されし邪神の復活』を発生させた。もうじき邪神が復活するよ」

楽しそうに少年は笑う。

「邪神？ そんなもの、居るはずが!?」

「邪神は居るよ。隠しダンジョンの最奥部にあるこの部屋は、データとして存在する邪神の祭壇そのものだ。イベントさえ起こせば、復活は容易なんだよ」

その言葉を聞いて確信する。

この少年も僕と同じだ。世界の理に干渉する術《すべ》を持っているのだ。

『Access: Register Boss Evil Devil（ボスに邪神を登録せよ）』

「さらにボスを邪神として登録し直した。それじゃあ、頑張ってね――リーシャ。それに今代のデバッガーさん」

そんな言葉を残し、少年は突如としてその場から消えた。

そうしてその場には、混乱する僕たちと――、

【コード】ユニットデータ閲覧
名称：邪神・クティール（LV？？？）
HP：46963／46963
MP：2361／2361
▲基本情報▼

ボスモンスターとなった邪神が残された。

少年が復活させたのは、一万年前に封印されたというモンスターだ。手に鎌《かま》状の武器を手にした
ゴーストのようなモンスターで、その姿はどことなく死神を彷彿《ほうふつ》とさせた。

レベルすら不明。圧倒的な存在感を前に、僕たちはその場を動くこともできない。

「ビッグバン！　ブラックホール！」

最初から出し惜しみはなしだ。発動した魔法は、激しい音を立てて邪神に直撃したが、

名称：邪神・クティール（LV？？？）
HP：46931／46963

「そんな――ほとんど無傷なんて」

その膨大なHPは、ほとんど削《けず》れることはなかった。

まるで歯が立たないバケモノ。こいつに立ち向かうためには、もう一度あれを使うしかない。

『デバッグ・コンソール！』

しかし何も起こらない。

「お兄ちゃん、それはバグを前にした時しか使えないよ！」

「え、こいつはバグじゃないの？」

「うん。バグを利用して復活させられた邪神だけど、こいつ自体は正式なモンスターだもん」

リーシャの口から語られるのは、デバッグ・コンソールの制約《せいやく》。

「いっそ近くで、何かバグが見つかれば――」

真顔で物騒《ぶっそう》なことを言うリーシャ。

――いいや？

「それだ！」

「え？　それってバグを生み出すってこと？　お兄ちゃん、正気⁉」

「手段を選んでられる余裕はないよ」

リーシャは難色を示したが、背に腹は代えられない。

「チート・デバッガーが、バグと見なす条件ってなんだろう？」

「考えたこともなかったけど……」

リーシャは静かに考え込んでいたが、

「バグの条件は、明確に世界のルールを破ること。この部屋なら……。お兄ちゃん、私が知ってるボス部屋のルールを読み上げるね」

歌うようにリーシャは言葉を紡いでいく。

・ボス部屋に入った者は、一部の例外を除き、ボスを討伐するまで出られない。
・ボス部屋には複数のパーティで挑むこともできる。
・ボスは、ボス部屋から出てくることはない。

「なるほど」

僕はリーシャの言葉を、脳内に叩き込んでいく。

しかし悠長に話している時間はなかった。

邪神が金切り声と共に、突如として襲いかかってきたのだ。禍々しい金切り声と同時に、邪神は目からレーザーを放つ。そのレーザーは僕たちを完全に無視して、ボス部屋の壁を貫いた。

「は？」

「な、なんだそりゃ……」

底が見えないほど深く、ボス部屋の壁が穿たれる。

「ボス部屋と言えば、ボスの攻撃に耐えられるように設計されているはずなのに……」

目の前の光景に、リーシャも驚きを隠し切れない。

それだけ邪神というボスが、規格外なのだ。しかしバグではない。あり得ない光景だが、決して既存のルールを破った訳ではないのだ。

「この威力、何かに使えないかな？」

「お兄ちゃん？」

「ボス部屋から、ボスは出ることはできない。それはボスの攻撃を防ぎ切るだけの防御力を、ボス部屋が持ってるからだよね？」

「そう考えることもできるね」

「でもこいつは、異常とも言えるステータスを持っている。どうにか利用できないかな？」

リーシャは、きょとんと首を傾げていたが、

「来い！　イフリート、シルフ！」

僕は素早く駆け出し、ボス部屋の前に移動した。

そして精霊を二体召喚し、そのまま邪神に向かわせる。

「アレス？　いくらアレスの使役する精霊が強力だと言っても」

「まあ見ててよ」

ティアが言いづらそうに口にしたが、僕は成り行きを見守る。

もちろん倒すことは不可能だろう。邪神にとっては、鬱陶《うっとう》しい虫が付きまとっている程度にしか感じないだろう。

イフリートが、巨体で進行方向をふさぐ。

あるいはパタパタと視界内でチラチラと飛び回る。

ちょっとでも邪魔だと思ってもらえれば、それで構わない。ついには邪神が、苛立ったように鎌を振るった。一発で精霊が消滅するが、すかさず再召喚して邪神に向かわせる。

そしてついには邪神が怒りに満ちた目で、精霊の召喚者――僕のことを睨みつけた。ここからはある種の賭《か》けだった。

――そして僕は、その賭けに勝った。

邪神はおどろおどろしい咆哮と共に、再びレーザーを放ったのだ。

『虚空・瞬天《しゅんてん》！』

僕は【極・神剣使い】のスキルを発動して、間一髪でレーザーを回避。

僕の真後ろには、閉ざされたボス部屋の扉。

「な……不可侵のはずのボス部屋の扉が!?」

「破壊不能オブジェクトが!?　ボスは、決してボス部屋の外には出られないはずなのに！」

ボス部屋の扉は、邪神のレーザーを受けて粉々に吹き飛んだ。決して開くことのないはずの扉が、開いたのだ。僕たちに見向きもせず、扉の外に向かって邪神は動き出した。

ちょっとした気まぐれで、邪神は簡単に僕たちを皆殺しにできるのだろう。まさに人と神――桁外れの強さなのだ。でも、ここまでは作戦通りだ。

ボスは、ボス部屋から出てくることはない。そのルールを明確に破らせることができたのだから。

「なるほど、流石お兄ちゃん！　立派なバグだよ！」

チート・デバッガーの真の力――それはバグを前にした時の切り札だ。

今なら使えるはずだ。

『デバッグ。コンソール！』

僕の視界が急激に変化する。

この世界はすべて、文字でできていた。

この世界はすべて、数字でできていた。

ああ、この世界は美しい。

――その調和を乱す異物は、排除しなければならない。

「わざわざ復活したところ悪いけど、倒させてもらうよ」

恐れすらない僕を、不思議そうに邪神が見ている。

神に分類されるはずの相手でも、もう負ける気がしなかった。

邪神の体を構成する文字列が、変化していくのが見える。

「レーザー攻撃が来る！」

今の僕には、邪神が何をしようとしているか手に取るように分かった。

もっとも来ると分かっていても、人類に受け止めることなど不可能な一撃必殺の攻撃――それが邪神の放つレーザーである。否、そのはずだった。

『Ability 0x00a3, Rewrite effect 0（レーザーの攻撃力を0にせよ）』

邪神が持つアビリティ「レーザー攻撃」の攻撃力を、僕は0に書き換えた。

いかに神に属するモンスターでも、所詮《しょせん》は世界のルールに抗《あらが》えない。チート・デバッガーで世界のルールに干渉できる僕にとって、もはやその攻撃はなんの脅威にもならなかった。

邪神が金切り声と同時に、レーザーを僕に向かって放つ。その一撃は僕に直撃するが、まったくの無傷。

「その攻撃は、もう効かないよ」

かすり傷すら僕に与えることは敵わない。

それがこの世界における新たなルールだからだ。

目の前で起きた現象が理解できないと言うように、邪神は狂ったようにレーザーを放った。

――避ける必要すらない。

僕は邪神の攻撃を無視して、邪神に向かってただ歩みを進める。

邪神が鎌を振るう。

邪神が魔法を詠唱する。

邪神が魔眼でこちらを睨みつける。

『Ability 0x01ca, Rewrite effect 0（技 0x01ca の威力を0にせよ）』

『Ability 0x00b2, Rewrite effect 0（技 0x00b2 の威力を0にせよ）』

『Ability 0x01cb, Rewrite effect 0. Rewrite additional bad status None（技 0x01cb の威力を0にして、

特殊効果を無効化せよ)』

9999の固定ダメージを与える鎌の一撃。

一国を簡単に滅ぼせる邪神固有の究極範囲魔法。

確定で即死の特殊効果を与える魔眼のきらめき。

邪神の使う攻撃は、どれも人間をオーバーキルできる威力を秘めていた。

——そのことごとくを無効化する。

「それで終わり? なら次は僕の番だね」

気が付けば僕は、邪神の目と鼻の先まで近づいていた。

ここからどうしたものか。

邪神のHPが40000を超えていたのを思い出す。

ビッグバン一発で20ダメージしか与えられないとなると、日が暮れてしまいそうだ。

自分の攻撃力を9999とかにするのが手っ取り早い?

それとも、ビッグバンの威力を99999にする?

やろうと思えばなんでもできそうだ。

「お兄ちゃん、落ち着いて!」

リーシャの言葉でふと我に返る。

「デバッガーの能力は、あくまでバグを倒すための力。考えなしに世界を書き換えたら、いずれは世界が壊れちゃう」

最悪、自分自身がバグになっちゃう——何かに怯えるように、リーシャはそう言った。

チート・デバッガーは、世界の法則そのものに干渉できるスキルである。それ故、扱いは慎重にならなければならない。

「分かった」

僕は目の前の邪神を倒す方法を考える。

倒した後に影響を残さないようにする。だとすると自分のステータスを上げるのはなしだ。邪神を倒せるステータスを持った冒険者なんて、聞いたこともない。

『Rewrite Status Slime!（ステータスをスライムに書き換えよ！）』

少し考え、僕は邪神のステータスを書き換えることにした。

頭をよぎったのは、ぷるぷると愛らしい姿を持つスライム――最弱のモンスターだ。

「よし、上手《うま》くいった！」

今この瞬間から、目の前に居る邪神のステータスはスライムのものと等しい。

「これで終わり！『絶・一閃』！」

僕の剣閃は、一発で邪神のＨＰを削り切った。

そしてあまりにあっけなく、邪神は光の粒子となって消えていった。

【実績開放】初めてダンジョンをクリア
絶対権限が９になりました。
【実績開放】称号「神殺し」を獲得

絶対権限が10になりました。

絶対権限が11になりました。

絶対権限が12になりました。


邪神を倒したことにより、一気にチート・デバッガーの絶対権限が上がったようだ。

ん？　そして、称号を手に入れたとか聞こえたような？

「ティア、称号ってなんだろう？」

「称号というのは、ステータスの隠し機能の一つね。人類史に残るような偉業を達成した人が手に入れるとか言われてるけど。アレス、まさか？」

「うん、手に入れちゃったみたい。その――『神殺し』だって」

僕が称号らしき文字をポチっと押すと、

◆神殺し
神を殺した者に贈られる称号

そんな言葉が、でかでかと映し出された。

「神殺し。神殺し？　ごめん、ちょっと理解が追いつかないわ」

「わ～い！　お兄ちゃんは、やっぱりすごいね！」

遠い目をするティア。

一方、リーシャは無邪気に笑いながら、ぴょんと僕の背中に飛びついてきた。

「なあ、本当にアレスさんたちに引率なんて必要だったのか？」

「でもいいものが見れましたね。神殺しですよ、神殺し！　我々は、間違いなく歴史の目撃者になりましたよ！」

「生きて帰れる!!　良かった！」

ロレーヌさんたちは、一周回ってポジティブだった。

◆◇◆◇◆

冒険者ギルドに戻った僕たちは、早速事の顚末《てんまつ》を報告した。

Fランクダンジョンの最奥部に、何故かレベル五十を超えるモンスターがたむろしていたこと。

最奥部で復活した邪神を倒したこと。

「にわかには信じられない話ですね……」

「む、私も引率者として同行していた。アレスさんの言うことが本当であることは、Bランク冒険者である私、ロレーヌが保証しよう」

報告を聞いた受付嬢のアリスさんは、最初こそ半信半疑だったものの、やがて深刻な表情を浮か

べると、

「何も知らない人がダンジョンに入ったら大変ですね。すぐに調査チームを向かわせます」

「それがいいと思います。目に付いたモンスターは倒しましたが、まだ大量に残っています。よろしくお願いします」

アリスさんは、近くに居た事務員に何やら指示を出す。

「ところで、邪神を倒したというのは何か証拠になるものをお持ちですか？」

証拠になるもの？　あ、そうだ。

「称号は、証拠になりますか？」

「え、まさかアレスさん称号を手に入れたんですか？　見せて頂いても!?」

僕の言葉に、身を乗り出すようにして興味を示すアリスさん。僕が水晶に手をかざすと、

「これはまさしく『神殺し』の称号!?　これは大変、失礼しました!!」

「それじゃあ？」

「水晶に映し出される称号を偽ることは、何人たりとも不可能。アレスさんは間違いなく、ダンジョンの中で『神』に等しきものを倒しています！」

そう宣言した。

「称号持ちの冒険者が現れただって!?　俺、生まれて初めて見たよ」

「しかも『神殺し』だと!?　目の前で見たロレーヌのパーティが羨ましいぜ！」

「やっぱり、とんでもない冒険者だったんだな!!」

聞き耳を立てていた冒険者たちが、次々と歓声を上げる。

僕たちはあっという間に、ギルド中から注目を浴びることになってしまった。

「た、たまたまですよ？」

「あのねえ、アレス？　たまたまで神は殺せないわよ？」

思わず口走った僕に、ティアがジト目で突っ込んだ。

……それもそうか。

「なあ、ロレーヌさん。邪神とアレスさんたちの戦いは、どんな戦いだったんだ？」

「本当にすごかったぞ！　邪神はやっぱり、生き物としての格が違ったな。恥ずかしい限りだが、私たちは、動くことすらできなかったんだ」

「そんな相手をどうやって!?」

「アレスさんが、何事かを呟いたんだ。あれはこの世の言葉じゃなかったな――それだけで、ぴたりと邪神の攻撃が効かなくなったんだ」

「なんだそりゃ!?」

一方、ロレーヌさんたちの周りにも冒険者たちが集まっていく。

「相手は、破壊不可能と言われたボス部屋の壁を貫く神話生物だ。あれはまさしく、神々の争いだ。アレスさんは、実は神の使いなのかもしれないないな」

そう興奮のままに語るロレーヌさん。

何やら話が、随分と脚色されているような!?

「それじゃあ僕は、この辺で――」

思わず冒険者ギルドを立ち去ろうとする僕だったが、

「アレスさん、また引率の依頼があれば、是非ともまた私たちに!!」

「ちょ、ロレーヌさんたちばっかりずるぞ！」

「私たちも、アレスさんたちの戦いっぷりを見てみたいです！」

「え、ええっと……」

冒険者たちが、勢いのままに僕の方に押しかけてくる。

こんなふうに注目を集めることがなかったため、僕が口ごもっていると、

「散った散った。一斉に押しかけたら、アレスさんたちに迷惑でしょう！」

シッシッと、アリスさんが追っ払った。

流石は百戦錬磨の受付嬢。実に手慣れた様子であった。

「すごい騒ぎだったね、ティア」

「そうね。まあアレスの実力なら当然よね。……ロレーヌさん、完全にアレスのファンじゃない！

良かったわね、美人なファンが付いて」

何故だろう？　少しだけティアの機嫌が悪い。

「ファンというか、生粋《きっすい》の冒険者なだけだと思うよ？　すごかったよね、邪神。誰だって珍しいものを見たら、人に自慢したくなるよね。冒険者としては当然だよ」

「え、なんでそうなるの？」

「そういう意味では、僕たちと同じクエストを受ける意味はあるのかな？　ロレーヌさんの好奇心を満たせるような事態は、そうは起こらないと思うけど」

今回のようなイレギュラーは、もう懲《こ》り懲《ご》りだ。

そんな僕の言葉を聞いて、ティアとリーシャは顔を見合わせたが、

「「はあ」」

と大きくため息をつくのだった。

【SIDE: アーヴィン家】

ティアが、アレスを追いかけて出ていったということを告げられて数日後。俺——ゴーマン・アーヴィン——は、イライラと日々を過ごしていた。

「ゴーマン様。【極・神剣使い】のスキルは、使わなければ真の効果を発揮することはありません。今すぐにでも剣の稽古《けいこ》を——」

「今日は気分が乗らないな。このスキルはレベル一の時点で、剣士だけでなく剣聖のスキルすら使えるようになる。修行の必要がどこにある？」

俺に口うるさく声をかけてくるのは、アレスの剣の師匠だった男だ。

昔は冒険者をしていたらしい。今では隠居《いんきょ》しているいい年のおじいさんである。

——ふん、冒険者上がりか。

俺はこの男のことを、内心で見下していた。

「スキルがいかに優れていようとも、使わなければ宝の持ち腐れでございます」

「なんだと？」

宝の持ち腐れ。その言葉は、俺の心にトゲのように刺さった。

最近では屋敷の中でも、たまたまいいスキルを手にしただけだという陰口も聞くようになった。

せめてアレス様が残っていて下されば、などというくだらない言葉も。

「ゴーマン様……」

俺のスキルに嫉妬しているだけだ、そう思って溜飲《りゅういん》を下げることもできただろう。しかし師匠は、今でも俺のことを心配そうに、あるいは憐《あわ》れむように覗き込んでいる。

嫉妬とは程遠い眼差《まなざ》しであることは一目瞭然《いちもくりょうぜん》。

――ああ、この視線が気に食わない。

――遥かなる高みから俺を見下していたアニキにそっくりだ。

「そこまで言うのなら。【極・神剣使い】の力、とくと見せてやるよ」

しかし恐れることはない。あの日、俺はすべてを逆転する力を手にしたのだ。くだらない評価だって、実力を示せば黙らせることができるだろう。

「それでは庭で、実戦形式の稽古と参りましょうか」

「望むところだ！」

【極・神剣使い】の力、隠居した冒険者にとくと見せつけてやろう。


「訓練は実戦形式だ。応じてくれて助かったぜ」

模擬戦用の木刀を手にして、俺は師匠と向き合っていた。

【極・神剣使い】のスキルが、俺に力を貸してくれる。今の俺は、剣士だけでなくレアスキル剣聖の技すら、自在に放つことができる。これは本当に恐ろしいスキルだ――。

「無駄口はよい。どこからでもかかってきなさい」

「後悔するなよ！」

いけ好かない奴だ。表情一つ変えない師匠を前に、俺は内心で毒づく。俺は剣を大きく振りかぶり、自らの本能に従いスキルを発動した。

「瞬破《しゅんは》ッ！」

一気に間合いを詰め、急所に突きを入れる剣聖のスキルだ。

案の定、師匠は構えすら間に合わない。

「やれやれ、フェイントも何もなく、真っ直ぐ突っ込んでくるだけとは。モンスターの方が、まだ工夫しますぞ」

「ほざけっ！」

しかし俺の渾身《こんしん》の一撃は、あっさり空を切った。

師匠の姿をあっさり見失い、どうやら回避されたらしいと俺は悟《さと》る。次の瞬間、呆然とする俺に背後から剣が突きつけられた。

「てめえ！　どんな手品を使いやがった！」

「普通に避けながら死角に回り、剣を突きつけただけですよ」

淡々と返す師匠。

「鍛錬《たんれん》せねば、すべては宝の持ち腐れです。これでもまだ【極・神剣使い】のスキルがあれば、稽古など不要だと言いますかな？」

「黙れ！　今のは少し油断しただけだ‼」

俺は感情のままに叫び、再戦を申し出る。しかし何度繰り返しても、結果は変わらなかった。俺とこの男の間には、それほどまでに差があると言うのか。

「アーヴィン家の当主たるもの、まずは強くならねばなりません。ゴーマン様、こうなってしまった以上、あなたには強くなってもらわなければならないのです」

「黙れ！　貴様から教わることなど何もない！」

俺はそう叫ぶ。半ばヤケだった。

【極・神剣使い】のスキルを手にした俺は、誰よりも強くなるはずだった。

こんな隠居した冒険者が俺より遥かに強い。そんなことを認められるはずがなかった。


そうして俺は、部屋に戻った。

今の屋敷の居心地は、お世辞にも良くはない。次期領主としての教育を受けるようにと、父上は口うるさく言ってきた。ムーンライト家の使者への態度を見て、一刻も早くどうにかしないとまずいと思ったのだろう。

「くそっ。こんなはずじゃなかったのに……」

モンスターと戦争中である今、戦闘力はそのまま信頼に結びつく。

アレスを追い出すことで、俺がそのまま次期領主の地位を手にするはずだった。圧倒的な剣の腕で、みんなから尊敬される地位を手にするはずだったのだ。

しかし現実は、その真逆もいいところだ。

「リナリー。早く来い、リナリー！」

このささくれだった心を癒《いや》してくれるのは一人だけだ。

俺のお気に入りのメイド。父上にわがままを言って、専属にしてもらったのだ。

彼女もまた外れスキルを持つ少女であった。誰からも必要とされず、使用人として奉公に出されたメイド。専属メイドとして取り立ててやった俺に、感謝して一生尽くすに違いない。

そう思っていたが、やってきたのは一人の執事だった。

「申し訳ありません。リナリー嬢は、今日付けで退職届を出されております。置き手紙には『アレス様の元に行く』とだけ」

……は？

「どういうことだよ。なんで、そんなことになるんだよ!?」

ティアに続いて、リナリーまでもがアレスを追いかけてしまった。

まるで俺よりアレスの方が優れていると突きつけられたようで――。

「リナリー嬢からは、以前から辞めたいと相談は受けていました。自分にはアレス様に返せない恩があるのだと。アレス様の後を追いかけたいのだと」

「なんだよそれ。そんなの主人の俺に言うのが筋《すじ》だろう！」

「その通りではございますが。あなたは少しでも、リナリー嬢の声に耳を傾けましたか？」

「それは……」

黙り込む俺を見て、執事は黙って首を振ると部屋を出ていった。

外れスキル持ちが専属メイドになるなど大抜擢だ。いったいなんの不満があるというのか。

だいたいあの二人は、ただの冒険者に付いていって幸せになれると本気で思っているのだろうか？　きっとあいつが、言葉巧みに騙《だま》したに違いない。

「くっくっく。俺が引導《いんどう》を渡してやろう」

俺が力を示して、アレスがそこまでの人物でないと暴いてやろう。そうすればティアもリナリーも、奴に愛想を尽かして俺の元に戻ってくるはずだ。【極・神剣使い】のスキルを持つ俺が、外れスキル持ちのクズに負けるはずがない。

もっともアレスのスキルは、外れスキルどころか最強クラスのユニークスキルである。さらに言えば、すでに【極・神剣使い】のスキルを手にしていた。しかし幸か不幸か、ゴーマンはそんなことは知らないのである。


翌日、俺は父上が居る執務室に向かっていた。

父上ならきっと、アレスの居場所を掴んでいるはずだ。居場所を突き止め、ティアたちの前であいつを叩きのめしてやるのだ。

「ねえ、知ってる？　アレス様、例のカオス・スパイダーを討伐したんですって」

「ええ⁉　ベテラン冒険者たちですら匙《さじ》を投げたっていう例の変異種よね？」

通りがかったメイドの噂話が耳に入り、俺は思わず歩みを止める。

「その話、ちょっと詳しく聞かせてもらおうか？」

「げえっ。ゴーマン様……」

「さ、サボってなんかないですよ～？　そ、その――失礼しますっ！」

「いいからその話をもっと詳しく聞かせろと言っているんだ‼」

サッと逃げようとするメイドたち。

その反応も気に食わないが、今は噂話の方が先だ。

「ゴーマン様も知っていますよね。ティバレーの街に向かう途中に居座っていたカオス・スパイダーの変異種の話。それが忽然《こつぜん》と姿を消したらしく、冒険者ギルドからの報告によればアレス様が倒したとのことでした」

「ちなみにティア様も一緒だったらしいですよ！」

やはりアレスとティアは、一緒に行動しているのか。実に不愉快な話だ。

それにしても「アレス様が倒した」ねえ。歴戦の冒険者や兵たちが手を焼くような相手を、外れスキル持ちごときが倒せる訳がないだろう。

所詮は噂話だ。それでも、何か参考にはなる話が聞けるかもしれない。

「他には、何かないのか？」

「他、でございますか？」

メイドたちは、話すのを迷っているようだったが、

「そういえば、アレス様、神を殺したらしいですね？」

「……は？」

何を突拍子もないことを……？

「なんでも『神殺し』の称号を手に入れたらしいですよ」

「いつもは冷静沈着《れいせいちんちゃく》な行商人のヘンリーおじさんが、あんなに興奮していたのは初めて見ました。その日の冒険者ギルドは、大騒ぎだったらしいですね!!」

馬鹿馬鹿しい。人が神に勝てる訳がないだろう。

何故、そんな馬鹿げた噂話が広がっている？

――そして俺は、気が付いてしまった。

これはアレスが、意図的に広めた噂話なのだ。追放された分際で、アレスは今でも次期領主の座を虎視眈々《こしたんたん》と狙っているのだろう。それならばこの噂は、自らがアーヴィン家の当主に相応しいというアピールか？

「舐めた真似しやがって。今すぐに、ティバレーの街に行く。白黒付けてやる！」

追放では生温《なまぬる》かったのだ。

あいつは領内を混乱させるふざけた噂を広めようとした。引っ捕らえるには十分な理由である。

直接叩きのめして、ティアとリナリーをこの手中に収めてやろう。


そうして俺は、屋敷に居た兵士を何人か引き連れて出発した。

目指す場所は、アレスが居ると噂のティバレーの街。

誰もが俺を賞賛し、隣にティアとリナリーが居る明るい未来――俺はそんな日々が来ることを、疑いもしなかった。

四章　ゴーマンとの決闘

冒険者ギルドに邪神のことを報告した日の夜。

結局、昨日と同じ宿に戻った僕は、改めてスキルの効果を調べることにした。

ちなみに今日も、何故かティアやリーシャと同室に泊まることになっている。今日は部屋も空いており男女別にするべきだと言ったのだが、リーシャが「お兄ちゃんと泊まる～」と駄々をこねて、気が付けばティアまで泊まる流れになったのだ。

邪神を倒すことにより、絶対権限は一二まで上がっていた。

絶対権限：12
現在の権限で使用可能な【コード】一覧
↓　アイテムの個数変更　（▲エクスポーション▼）
↓　魔法取得　（▲ブラックホール▼）
↓　ユニットデータ閲覧
↓　バグ・サーチ
↓　スキル付け替え　（▲極・神剣使い▼）
↓　特殊効果付与　（▲毒▼）（NEW）

早速、スキルを確認する僕。

「アレス、またスキルを覚えたの？」

ティアが興味津々といった様子で、僕に聞く。僕は頷き『特殊効果付与』という機能が追加されたことを伝えた。

「選択項目には毒って書いてあるのよね？　なら状態異常を敵に与える効果なのかしら？」

「どうだろう、もうちょっと調べてみるよ」

【コード】特殊効果の付与
※対象に一つ特殊効果を付与。
※このコードは完全に復元されました。
※選択可能な特殊効果は以下の通りです。
↓　毒（弱）
↓　毒（強）
↓　腹痛（弱）
↓　腹痛（中）
↓　腹痛（強）

↓　肩こり
・・・・・

「な、何これ？」

自分のスキルを見て、困惑の声を上げるのは何度目だろう。

「どうしたのよ、アレス。急に黙り込んで」

「いや、思ってたのとちょっと違って……」

腹痛と肩こり？　このリストはどう見ても状態異常ではなさそうだ。

それに気になるのは、リストの内容だけではない。

――このコードは完全に復元されました
スキル効果の説明に書かれた言葉も、まるで意味が分からない。

……こっちは保留、かな。

「どうアレス、役に立ちそう？」

「う〜ん、あまりに選べる特殊効果が多くて。ちょっとなんとも言えないかも」

「選べる効果？　状態異常なんて、毒・麻痺《まひ》・やけど・暗闇ぐらいよね？」

ティアが口にしたのは、一般的に状態異常として知られているものだ。冒険者ギルドが公式に発表しているもので、道具屋で回復薬も売られている。しかしリストに並ぶ特殊効果は、どう見てもそれより多い。

「それが――状態異常じゃなくて、腹痛……？　肩こり、なんてものもあるみたいで……」

「何それ？　肩こりを与えてくるモンスターとか嫌すぎない？」

想像したのかティアが苦笑いした。

「攻撃力プラス、防御力プラス――なんていうのもあるね。これは戦闘で使えるかも――『特殊効果付与――攻撃力プラス！』」

僕は自らに「攻撃力プラス」を付与してみた。

心持ち体が軽くなった気がする。僕は武器を手に取り、軽く手近にあった石に向かって振るってみた。対して力を入れていないのに、手にした石は驚くほど簡単に真っ二つになった。

「おお！」

「なるほど、攻撃力プラスね――」

ティアは興味深そうに僕を見ていたが、

「それなら特殊効果を、私に付与することもできるのかしら？」

そんなことを口にした。

「試してみる。違和感あったらすぐに言ってね。『特殊効果付与――攻撃力プラス！』」

僕はティアに、特殊効果「攻撃力プラス」を付与してみた。

「どう、ティア？」

ティアはベッドに座りながら、軽くレイピアを振るう。

「驚いた。この効果、もしかして支援魔法のアタック・エンハンスと同じもの？」

「そうなの？」

冒険者として活動していたティアが言うのなら間違いないだろう。どうやら『特殊効果付与』は、支援魔法と同じ効果を発揮《はっき》するらしい。

「間違いないと思う。もう何が起きても驚かないつもりで居たけど、自由に支援効果を与えるなんて。そのスキル、本当になんでもできるのね」

――どうやら手に入れた【コード】は、今回も随分と強力らしい。

しかし腹痛や肩こりなど、あまり使い道がないものも多い。戦闘が始まってしまえば、リストから役に立つものを選んでいる暇などないだろう。実戦に向けて使えそうな効果をピックアップしておく必要がありそうだ。

そんなことを考えながら、僕は眠りについた。

そうしてティアが、静かに寝息を立て始めた頃。

「お兄ちゃん、おめでとう！　ついに完全復元コードが手に入ったんだね！」

リーシャが興奮した様子で、そんなことを言った。

「完全復元コード？　なんなのこれ？」

「それを話す前に――お兄ちゃん。そもそもチート・デバッガーて、どんなスキルだと思う？」

真面目な顔で、リーシャが聞き返してきた。改めて聞かれて、少しだけ考えてしまう。

改めて考えると、本当に不思議なスキルだ。

最上位の魔法を一瞬で習得し、人生を左右するスキルすら容易に付け替えを可能にする。それでもこのスキルが、どんなスキルかと問われたら――。

「バグと戦うためのスキルだよね」

思い出すのは、あの部屋で見た文字だ。

「それは、そうなんだけど。じゃあ、その力の根源《こんげん》は？」

リーシャの問いかけに、僕は降参《こうさん》するように手を上げる。

正直に言えば、そんなことを考えたこともなかった。

「お兄ちゃんが手にしたスキルは、そもそも他のスキルとは成り立ちが違うんだよ。【チート・デバッガー】ってスキルは、要はデバッグ・コンソールでできることを扱いやすいようにスキルって形で再現してるだけなんだって」

自慢げに言うリーシャだったが、残念なことにサッパリ理解が追いつかなかった。

「そもそもデバッグ・コンソールってなんなの？」

「デバッグ・コンソールは、この世界を生み出した女神さまが作った部屋だよ。世界を管理するための空間で——お兄ちゃんも見たよね？」

それは忘れもしないバグに囲まれた時のこと。

土壇場《どたんば》でデバッグ・コンソールを発動することに成功し、僕たちは九死に一生を得た。あの時に見た空間こそが、【チート・デバッガー】というスキルのルーツだというのか。

「世界を管理するための空間なんだって。全然、管理できてないけどね」

リーシャは唇を尖らせながら、そう言った。

「世界を管理する存在しか使えない機能を、人間に使わせるための抜け道——それこそが【チート・デバッガー】というスキルの正体なんだよ」

「人間に使わせるための抜け道？」

「うん。世界を管理するための機能――ただの人間が持っていい力じゃないもん」

　あっさりとリーシャが言ったが、それってとんでもない事実なのでは？

「じゃあ、やくそうを取り出したり、ビッグバンを覚えたりしたのも……。世界を管理するための力の一つだったの？」

「うん。世界を生み出した女神様なら指先一つでできるよ。お兄ちゃんの力は、世界を生み出した存在が振るう力と根源は同じなんだよ」

　無邪気な笑みで告げるリーシャ。僕は言葉を失った。

「リーシャは、その話をどこで聞いたの？」

「世界を生み出した女神様から聞いたの。あの部屋に招かれて、デバッガーとしてのお務め、ご苦労様ってさ」

　まるで冗談のような話が続く。しかしリーシャは大真面目だったし、何より冗談で済ますには僕のスキルはあまりに異質だった。

「リーシャは、女神様に会ったことあるの？」

「うん、教会が神聖視してるような大それた存在じゃなかったよ。おっちょこちょいで気のいいお姉ちゃんって感じ」

「教会に聞かれたら、異端者《いたんしゃ》として捕らえられそうな発言だね」

　リーシャの大胆《だいたん》な発言に、引きつった笑みを浮かべる僕。

「今さらアレを崇《あが》めるのはちょっと……。聞いてよ、お兄ちゃん！　もともとバグを生んだのは、女神様なんだよ」

「え、は……？」

「あの人、おっちょこちょいだからさ。最初は、ちょっとしたミスだったんだってさ」

え、ちょっと待って？

おっちょこちょいのせいで、この世界、滅びそうなの!?

「バグはすぐに新たなバグを生んだんだってさ。バグ・モンスターの発生に、カオス・フィールドの登場。バグに呑み込まれて消えた国もある。挙げ句の果てには、人間とモンスターのパワーバランスが反転してしまった――今や世界は、間違いなく滅びに向かってる」

「改めて聞くと、バグってとんでもない相手だよね」

始まりは女神のちょっとしたミス。

それが世界全体の法則を乱し、やがては世界を死に至らせるのだ。

「もう女神様にはどうしようもなくて――だから私たち現地人に能力を渡して、託すことにしたんだって」

「バグと戦うための能力――世界の管理者が持つ力か。ははは、責任重大だね」

女神様が生み出したバグだらけの世界。

気が付いた時には取り返しが付かず、藁《わら》にも縋る思いで世界を管理するための力を、その世界に住む人間に渡したのだ。

「管理者部屋に呼ばれた私は、そこで次世代のデバッガーを導いて欲しいって頼まれたんだ」

「リーシャは随分と大変な目に遭ったんだね」

「う〜ん。まあ、そのおかげでお兄ちゃんに会えたから万事オッケーだよ！」

無邪気な笑みと共に、リーシャが僕に飛びついてきた。

「それで完全復元コードについてだけと――」

リーシャが話を元に戻す。

「チート・デバッガーってスキルは、あくまでデバッグ・コンソールの機能の一部を再現しているだけのものなんだ。そして完全に再現し切れたものが――」

「完全再現コードなんだね？」

「うん。それこそがチート・デバッガーの真骨頂《しんこっちょう》だよ」

それからリーシャは、少しだけ唇を尖らせ、

「それにしても、やっぱりお兄ちゃんは少しおかしいよ。なんでその絶対権限で、完全再現コードが使えるようになるの？」

拗《す》ねたように、そんなことを言い出した。

「リーシャは絶対権限いくつで、使えるようになったの？」

「私？　私は優秀なデバッガーじゃなかったから――絶対権限は最終的に一三二まで上がったけど、完全復元コードは一つも使えなかったよ。しょんぼりです……」

がくりとリーシャは項垂《うなだ》れる。

「絶対権限って、世界へのアクセス権限なんだよね？　このまま上げていけば、他のコードも完全再現できるのかな？」

「うん。そう遠くない将来できるようになると思う」

「完全再現コードか――どんなことが、できるようになるんだろうね？」

「う～ん。魔法習得のコードなら、この世に存在する魔法がすべて取得可能になるとか？」

「そんな馬鹿なこと――」

この世のすべての魔法が取り放題。まるで魔術師を目指す幼い子どもが、願うような夢物語。

そんな馬鹿らしい効果も、現状の【チート・デバッガー】のスキルの延長上に存在する。

「やばすぎるね」

「うん、やばすぎるんだよ。スキルも、お兄ちゃんも」

このスキルは、今後どのように進化していくのだろう？

わくわくすると同時に、末恐ろしくもあった。


「ねえ、二人でなんの話をしているの？」

その時だった。

聞こえてきたのは、てっきり寝ていると思っていたティアの声。

「ティア、いつから起きて？　……どこから聞いてたの？」

「全部、聞こえてたわ。アレスのスキルの話」

ティアがくるりと寝返りを打って、僕の方に向き直る。

「ねえ、リーシャは何者なの？　妹っての、嘘よね？」

「そ、それは……」

「アレスのスキルに異様に詳しいし。ねえ、アレスは何をしようとしているの？」

ティアはじーっと僕のことを覗《のぞ》き込む。

その瞳は「言い逃れは許さない」と告げていた。

あそこまで聞かれてしまっては、もう隠し通すことなど不可能だ。ちらりとリーシャを見ると、彼女は観念したように立ち上がりティアに向き直った。

「私がお兄ちゃんの妹だっていうのは、別に嘘っていう訳じゃないよ。私はたしかに、お兄ちゃんの妹として生まれるはずだったから」

そう言ってリーシャは、ティアに自らの正体を話し始める。

前世で同じスキルを持って、世界中のバグを倒すために行動していたこと。さらにはチート・デバッガーというスキルの役割についても。

「お兄ちゃんのスキルのことも、バグのことも、絶対に他人に教えたらダメだからね？　そんなスキルがあるなんて知られたら、絶対に悪用しようとする人が出てくるから」

「当たり前じゃない。だいたいこんなこと、話しても誰も信じないわよ」

ティアはこくりと頷いた。それから不安そうに瞳を揺らすと、

「それにしてもリーシャが、バグに呑まれて消えていたなんて。ただでさえ外れスキル持ちなんて馬鹿らしい理由で、居場所を奪われたのに。なんでアレスが、そんな危険なことを？　どうしてアレスばかりが、そんな目に遭うのよ」

泣きそうな顔でティアがそう言った。

その言葉は、僕の身を案じてのものだろう。次期領主の地位を奪われ、挙げ句の果てには危険な旅を押し付けられる。ティアから見れば、そんなふうに見えたのだろう。

「ティア。この力は僕の夢のためにも、絶好の力だったんだよ」

「どういうこと？」

「僕が世界の果てを目指してるって、ずっと前から言ってたよね。師匠が見た景色を——師匠が叶えられなかった夢を、僕が代わりに叶えたいって」

「うん」

ティアが素直に頷く。

「家族のために。領のために生きなさいって。それこそが貴族だって。家族の期待に応えることだけを考えてきた私にとって、あまりにも身勝手な夢で——でもあの日の言葉は、何故か輝いて聞こえたから」

胸に手を当てて、何か大切なものを思い出すようにティアはそう言った。

「うう……。身勝手でごめん」

「感謝してるのよ。アレスが居なかったら、きっと私はつまらない生き方をしてたと思うから」

ティアと初めての顔合わせの日。その日のことは今でも覚えている。

初めて会ったティアは、どこか達観《たっかん》した様子を見せていた。

自らの役目に忠実に生きる行儀《ぎょうぎ》の良い人形のようだった。すでに自らが政略結婚の道具であることを理解し切って、醒《さ》めた目をしていたのだ。

そんな彼女に、何故、僕はそんな夢の話をしたのだろう？

普通に考えれば馬鹿にされるだけだろう。それでもなんにも興味のなさそうだったティアは、たしかに僕の話に興味を示したのだ。

「あの日のことは本当に忘れて欲しい。何も知らずに、ただただ無邪気に夢を語って。恥ずかしい限りだよ。それなのにティアったら、何度も夢の話をせがんでくるんだもん」

「アレスがそんな夢を見ていたから。そんな人も居るってことを知って、初めて親の敷いたレールから外れてみようかなって思えたんだから」

照れくさそうにティアは笑う。

領主になることの重みも、その婚約の意味も。何も理解していない幼い子供の無邪気な夢。そんな幼い日の言葉だからこそ、ティアにとって忘れられないものになったのだろう。

胸の奥に封じようとしても、ティアは何度でも夢を話すことをせがんだ。そして最後には、決まって「叶うといいね！」と笑ってくれたのだ。

「その日から私は、家のために生きるのをやめたのよ。アーヴィン家に相応しい強さを手にするために両親を説得して、冒険者に交じってクエストを受けるようになった。そんなのは全部建前《たてまえ》。ほんとうはすべて、アレスの隣に立つためだった」

「ティアは、僕が旅に出ることを望んでたの？」

「分かんない。望んでたけど、望んでない。だって次期領主になろうとするアレスも、一生懸命だったから。ときどき夢の話が、幻なんじゃないかってって思うぐらい」

ティアは恥ずかしそうにしながらも、はっきりと言葉を紡いでいく。

「あの夢は、ティアにしか話したことないもん。それに立派な次期領主になることが、師匠の望みだったからね」

僕もティアとの出会いを思い出すように、ゆっくりと口を開いていた。

その夢はたしかに、いつまでも胸の中できらめいていた。それでも次期領主としての責任を受け入れ、いつの間にか諦めていたものだった。

「喜ぶべきか、悲しむべきか、分からなかった。アレスは変わらなかったけど、どこか変わっていったもの」

完璧であるほど、夢からは遠ざかっていくものね。寂しそうにティアは笑った。

――あの日々で、僕はそういうふうに見えていたのか。

「夢を見ることなんて許されない。僕だってあの日まで、たしかにそう思っていたからね」

「神託の儀ね？」

僕は頷く。

すべてが変わってしまった日。

「それでアレスの夢とさっきの話は、どう関係するのよ？」

「世界の果てに行くのが困難なのは、魔界のせいだよね？」

「そうね。モンスターとの戦争は、日々、激化してる。そんな中、魔界を突っ切って世界の果てを目指すなんて、まさしく自殺行為――不可能よ」

「それがさ。どうも魔界は、バグのせいで生まれたらしいんだよね」

「……は？」

ティアは息を呑んだ。

「僕もリーシャに聞いて耳を疑ったよ。それで気付いたんだ――バグを倒す旅をすることは、夢を叶えるための近道だってさ」

だから決めたんだ、と僕は自身の歩む道を告げる。

決して不本意な旅などではないと、ティアに伝わるように。

「そんな身勝手な理由の旅なんだ。だからティアのことは、巻き込みたくなかった。巻き込んじゃダメだと思ってたんだけど……」

ティアも、いずれは旅に出ることを望んでいた？

だとしたら僕の考えは、まったくもって見当外れもいいところで……。

「ふ～ん。身勝手な理由、ね？」

ティアは、呆れたように繰り返した。

「ええ、そんな理由で私のことを置いていこうとしていたのなら——ええ、本当に身勝手な理由よ！」

それからティアは、キッと僕のことを睨む。

そのまま力強く、僕の腕をギュッと掴んだ。

「巻き込みたくない？　それこそ今さら何を言ってるのよ！」

「……ごめん」

そう言うことしかできなかった。

大切な婚約者だからこそ、こんな旅に付き合わせることはできない。その思いは、今も変わりはしない。ただそれ以上に、ティアの気持ちを優先したいと思ったのだ。

絶対に逃がさないとばかりに、ティアは僕の腕をギュッと強く掴む。

「あの日、勝手に人に夢を語っておいて。ようやく一緒に夢を追いかけられるようになったのに。

どうして私のことを置いていこうとするのよ⁉　ずっと一緒って、言ったじゃない！」

最初からティアは、こんな日が来たらこうしようと決めていたのだろう。もちろんそんな日は、来ない可能性の方が高かった
「ごめん、ティア。僕、ティアが付いてきてくれた理由、何も分かってなかった」

「本当よ。何も言わずに勝手に旅に出て、次の婚約者はゴーマン⁉　私がどれだけショックを受けたと思ってるのよ‼」

——僕は勝手にティアの幸せを決めつけていたんだな……。

ティアの叫びを聞いて僕は思う。ティアの行動が正しいことかは分からない。むしろ貴族令嬢としては間違っているのだろう。

だとしても彼女がこんな行動を選ぶようになったのは、間違いなく僕のせいだ。それならどこまでもティアと行くことが僕にできる誠意だ。

ティアは、ずっと前から覚悟を決めていたのだから。

「ふんだ。アレスがどこかに行ったとしても、どこまでだって——それこそ世界の果てだって、追いかけてやるわ。私だって、とっても身勝手なんだから」

冗談なのか本気なのか分からないことを、ティアは口にする。

「そんなことには、ならないよ。約束する——世界の果てはティアと見るよ」

答えなんて決まり切っていた。

そんな僕の言葉に、ティアは安心したように頷いた。

◆◇◆◇◆

翌日、僕たちは再び冒険者ギルドを訪れていた。

中に入るなり、何やら言い争うような声が聞こえてきた。

「無茶を言っているのは、分かっています。だとしても、ようやく掴んだ手掛かりなんです。どうか捜索依頼を！」

「彼は、私たちのギルドで登録した冒険者です。そんなに慌てないでもここで待っていれば、そのうちいらっしゃると思いますが……」

「だとしても不安で。取り返しが付かなくなってからでは、遅いんです！」

深々と頭を下げているのはメイドの少女。対応している受付嬢は、困り果てた顔をしていた。

何かトラブルかな？　僕は近づき、そっと声をかけるようとして気が付く。

「あれ、もしかしてリナリー？」

「アレス様⁉」

目の前に居たのはリナリー・ローズという少女だった。アーヴィン家のメイドであり、僕も何度か話したことがある。

「こんなところでどうしたの？」

「アレス様！　本当に、アレス様なんですね！」

目を丸々と見開き、リナリーは僕の顔を見る。

それから首を傾げる僕を余所に、感極まったように泣き出してしまった。

何やら訳ありかもしれない。僕はリナリーを連れて、近くのテーブルに移動した。

「それでリナリーは、どうしてこんなところに？」

適当な飲み物を注文してから、僕はリナリーに質問する。

「アレス様に会いたい一心でした」

「え？」

「風の噂でアレス様がこの町に居ると聞いて、居ても立ってもも居られず……」

縮こまるようにリナリーが言う。

え、僕、何か噂になるようなことしたかな？

「アレス様、どうか私のことも旅に連れていって下さい！　決して足は引っ張りませんから！」

「ええっと、僕はアーヴィン家を追放された人間だよ？　僕に付いてきても、もう何も返せるものはないいんだよ」

「そんなの関係ありません！　私はアーヴィン家ではなく、アレス様の傍《そば》に居たいんです！」

そう口にするリナリーは、どこまでも真剣だった。

もちろんすぐに「じゃあ一緒に行こう」と言える問題ではないけれど。口をぱくぱくさせる僕を見て、ティアがリナリーに声をかけた。

「その、リナリーさんは――」

「ティア様！　私のことはどうか呼び捨てにして下さい」

「そ、そう？　ならリナリー」

「はい！」

「ええっと。リナリーは、どうしてアレスに付いてきたいと思ったの？　私が言うのもおかしな話だけど、貴族令嬢が冒険者なんて。庶民に落とされて、生きていくために仕方なくなる人は居ても、好んでなる人なんて滅多に居ないわ。苦労するだけよ？」

ティアが不思議そうにリナリーに聞いた。

「はい、私はアレス様に救われたんです。アレス様には返し切れない恩があるんです！」

「え……？　僕は何もしてないよ。他の誰かと間違えてるんじゃない？」

「いいえ、アレス様です。先輩メイドに虐《いじ》められてた私を、アレス様は庇って下さいました。外れスキル持ちだからと、家族からも、同僚からも冷たくされていた私に、アレス様は初めて優しくして下さったんです」

リナリーの熱のこもった視線を受けて、僕は申し訳なく思いながらも、

「ごめん。はっきりとは覚えてないかも――」

「いいんですよ。私にとっては特別な思い出ですから。それに自然とそういう行動ができるところが、アレス様のいいところなんです！」

リナリーは嬉しそうに笑った。何故かティアも、うんうんと頷いている。

「それなのに私は、何も恩返しできませんでした。それどころか肝心な時には、声をかけることすらできませんでした。ずっと後悔《こうかい》してました」

「そんなの気にしないでいいのに……」

リナリーの口から紡がれるのは、後悔の言葉。

あの日、僕を庇ったところで、相手にされないどころか屋敷で敵を増やすだけだろう。雇い主を敵に回してもいいことなんて何もない。

「とにかく邪魔はしません！　荷物持ちでも、雑用でもなんでもやります！　モンスターの囮になれと言うなら、喜んで身代わりになります。だからどうかアレス様の旅に連れていって下さい」

「そうは言っても……」

深々と頭を下げるリナリーを見て、僕は言葉に詰まった。

次期領主として、模範的な行動を取ろうと心掛けてきた屋敷での日々。それが認められたような気がして喜ばしくはあるが、それとこれとは話が別だ。

ティアがさっき言った通りだ。

リナリーは、次期領主の専属メイドという立場まで手に入れたらしい。不安定な冒険者になるより、その方が幸せなはずだ。

「リナリー。その……悪いけど——」

「アレス様、お願いします！　役に立たないと思ったら、切り捨てても構いませんから！」

——本当にここで断るのが、リナリーにとって幸せなのかな？

思い出したのは、ティアとの昨日のやり取りだ。危険から遠ざけるのがティアにとっての幸せだろうと勝手な判断をして、結局、ティアを悲しませてしまった。

「詳しい事情は話せないけど、これは危険な旅だよ。何日も宿に泊まれないかもしれないし、下手すると命を落とすかもしれない。それでもリナリーは、付いてきたいと思う？」

「覚悟の上です。このままあそこで、やりたくもない仕事をしたまま一生を終えるぐらいなら、大

好きなアレス様の傍で死にたいです！」

リナリーは手を胸に当てて、そう言い切った。

お、重いよ⁉　ここまで言われては、とても無下《むげ》にはできない。

「ティアとリーシャは、どう思う？」

僕がパーティメンバーに聞くと、

「私は賛成。リナリーがそう決めたのなら、その意思を尊重してあげたい。……気持ちは、よく分かるから」

「私もお兄――じゃなくて、アレスが決めたことに従うよ」

二人からも肯定の返事が返ってきた。そういうことなら、

「リナリーがそこまで言うのなら――分かった。それでも一つだけ約束して？」

「はい！　なんなりとお申し付け下さい！」

「じゃあ――絶対に命を粗末にしないこと。いざという時は、まずは自分が生き残ることを最優先にして」

「そ、そんな⁉　私、アレス様のためなら、命だって惜しくは――」

「リナリー、それがパーティに加える条件だよ。僕のせいで誰かが死ぬなんて、絶対に嫌なんだ。それが守れないなら旅に連れていくことはできないよ」

もし僕のせいで誰かがバグに呑まれてでもしたら。

僕は自分のことを、一生許せないだろう。

「……はい。分かりました。絶対に死にません。アレス様を悲しませるようなことは、絶対にしま

せん！」

リナリーは、何故か感じ入ったように俯き、強くそう宣言した。

そんなリナリーに、ティアが優しく声をかける。

「リナリー、これからよろしくね！（——同行は認めるけど、アレスのことは、絶《ぜ》〜っ対に渡さないからね！）」

「（め、滅相もないです！　アレス様とティア様、とってもお似合いだと思います！　お二人ほどお似合いのカップルは居ませんよ！）」

「（か、か、か、カップル⁉）」

ひそひそと何やら話し合う二人。

あ、なんだかティアがすごい嬉しそう。

「（な、なんで照れるんですか。あんな小さい時からずっと一緒に居て、それどころかこうして旅までしていて。え、まさか？　一緒に寝たこともないなんて、言わないですよね⁉）」

「（も、もちろん！　一緒の布団で寝たわよ！　アレスは私の婚約者だもの！）」

「（そうですか。それを聞いて安心しました——あ、宿はもちろん別の宿を取ります。無粋《ぶすい》なことはしないので、ご心配なく！）」

「（あ、でも……アレスったら、いつもすぐに寝ちゃって……）」

「（ちょっと、ティア様！　そこまでいって、まだ何もないんですか？　——そこはぐいぐいっといかないと。ぐいぐいっと！）」

「（そ、そんな貴族令嬢にあるまじきはしたないこと——⁉）」

何やらティアが顔を真っ赤にして、リナリーと言い争っている。僕と目が合うと、ぷしゅーっと頭から湯気を立てて俯いてしまった。

いったい、どうしたのだろう？

「ふふ、ティア様は本当に可愛らしいですね。アレス様、婚約者は大切にしないといけませんよ」

「もちろんだよ」

こっそりとリナリーが、僕に耳打ちする。

それからリナリーは、改めてちょこんとスカートに手を当てて一礼し、

「それでは、ふつつかなメイドですが、これからよろしくお願いしますね」

そう晴れやかな笑みを浮かべるのだった。

◆◇◆◇◆

リナリーと合流し、僕たちはそのまま冒険者ギルドでクエストを物色した。

「おや、アレスさんたちもクエストを探しているのか？」

「はい。何かおすすめのクエストはありますか？」

そう僕たちに声をかけてきたのは、ロレーヌさんたちだ。

「ここにあるレッド・トレント狂暴化の調査依頼とかどうだ？　調査依頼なら、危険な戦闘も滅多にない。なかなか美味《おい》しい依頼だぞ」

ロレーヌさんのおすすめなら、間違いはないだろう。

「ところで私たちも同行させてもらえるか?」

そこで何気なくロレーヌさんが口にした。最初からそれが目的だったのかもしれない。

ここで断ると、ものすごく悲しそうな顔をされてしまう。

「ロレーヌさんたちが同行して下さるなら心強いです。是非ともお願いします」

僕がそう答えると、密かにロレーヌさんがガッツポーズ。そうして僕たちは、レッド・トレント狂暴化の調査依頼を受注した。


レッド・トレントは、Cランクのモンスターである。その形状は名前のとおり、真っ赤な体躯《たいく》をした動く大木といったところだ。しかし何故かニョキリと両足を生やしており、その巨体からは想像もつかない速度で走り回る。

ターゲットとなるモンスターを探しながら、僕たちはティバレーの街の北西にある森の中を歩いていた。

「レッド・トレントは、近くでくつろいでいても襲ってこないぐらいには、温厚なモンスターのはずよね。いったい何が起きてるのかしら?」

隣を歩くティアが、首を傾げていた。

「原因は分からないが、人間に害があるなら倒さないといけないことに変わりはない。それが冒険者の役割だからな」

首を傾げる僕たちを余所に、ロレーヌさんは気合いを入れていた。人間に害をなす以上、それはもう倒すべき敵である。彼女の言うことは正しい。

モンスターに発生した異常。それを聞いて連想したのは、やっぱりバグのことだ。

「ねえ、リーシャ？　これもバグが関係しているのかな？」

「まだなんとも言えないよ。普段はおとなしくても怒らせたら怖い。よくある話だよね」

ひそひそと僕たちは相談する。

まだ森も浅く、相手は温厚なレッド・トレント。完全に、油断していた。

「アレス様！　何か飛んできます！」

「え？　――ッ!?」

突如としてリナリーが、鋭い声で警告を上げる。

見れば先の尖った鋭い木の枝が、こちらに向かって飛んできていた。

僕は反射的に剣を抜き、それを打ち返す。

「リナリー、よく分かったね!?」

「私のスキル【第六感】は、研ぎ澄ませれば探知魔法のように使うこともできます。お屋敷ではなんの役にも立てませんでしたが、こんな形でお役に立てて良かったです！」

リナリーのスキルは第六感。いわゆる勘が鋭くなるだけのスキルである。リナリーの実家では
「そんな目に見えない効果のスキルなんて、ゴミではないか！」と、馬鹿にされたと言う。

たしかに貴族家の令嬢が手にして嬉しいスキルではない。それでも冒険者になった今なら、活躍の機会は無限にあるはずだ。

「まさか本当にレッド・トレントに襲われるなんて。すっかり油断していたわ。お手柄ね、リナリー」

「ティア様！　お役に立てて光栄です！」

ティアに褒められ、嬉しそうなリナリー。

「なあ、アレスさん。かなり高度な探知スキルだよな。その子は？」

「元・アーヴィン家のメイドです。今では僕たちの大切なパーティメンバーですよ」

ロレーヌさんたちも、リナリーが見せた探知スキルに驚いていた。

「お兄ちゃん、次々と来るよ！」

「何がレッド・トレントは温厚な生き物よ。バリバリに襲われてるじゃない！」

襲いくるレッド・トレントを前に、ティアがレイピアを構えて果敢に応戦する。

「やっぱりおかしいよね。ちょっと調べてみる――『ユニットデータ閲覧！』」

【コード】ユニットデータ閲覧
名称：レッド・トレント（ＬＶ１６）
ＨＰ：１６８／１６８
ＭＰ：０／０
属性：弱↓炎
状態異常↓狂暴化
▲基本情報▼

僕は、いつものようにユニットデータ閲覧を発動する。

状態異常――狂暴化？

「すいません、ちょっとだけ時間を稼いでもらってもいいですか？　試したいことがあるんです」

「分かった！」

ロレーヌさんたちも武器を手に取り、レッド・トレントに向き直った。

これは調査依頼である。できればレッド・トレントが暴れている原因まで調べたい。

「どうするつもりなのよ、アレス」

「このモンスターが暴れてるのは、もしかすると状態異常が原因かもしれない。となれば――」

『特殊効果付与！』

僕はチート・デバッガーのコードを発動した。

特殊効果は、状態異常を内包しているはずだ。このコードでは、すでに付いている状態異常を解除することはできないが、それならそれでやりようはある。

「アレス、何するつもりなの？」

「ティアなら、厄介な攻撃アップの支援を受けたモンスターと出くわしたらどうする？」

「そうね、まずは強化魔法を打ち消すわ。理想はディスペルだけど、そんな高レベルの支援術士とは滅多に組めない。となれば攻撃ダウンとかで打ち消せないか――あっ！」

「うん、それ！　このモンスターたちが狂暴化しているなら、打ち消せないか試してみる！」

そんなことを説明しながら、僕は特殊効果が並ぶリストをスクロールしていった。

「アレスさん、まだか!?」

「アレス様！　戦闘音を聞きつけて、レッド・トレントが続々と集まってきています！」

ロレーヌさんとリナリーが、悲鳴のような声を上げた。

モンスターが集まってくることにまで気が付くなんて。リナリーのスキルは、外れスキルどころか非常に有用なんじゃないかな。

「これも違う、これも違う。なんでこんなにいっぱいあるの!?」

いくら万能でも、流石に不便すぎる。僕は焦りながらスクロールを続け、

「——あった！」

ようやく目的のものを発見する。

状態異常——狂暴化、超・狂暴化。

その下には、鎮静化《ちんせいか》、超・鎮静化——狂暴化の対になりそうな状態異常である。

「ごめん、無茶を言って。でも、もう大丈夫です！」

レッド・トレントに向かって、僕は鎮静化を付与する。それは予想通り、レッド・トレントにかかった狂暴化を打ち消し、

「やった！　流石、お兄ちゃん！」

効果は劇的だった。あれだけ荒れ狂っていたレッド・トレントが、こちらに向けていた枝を下ろしたのだ。そして「どうしてこんなことをしていたのだろう？」と首を傾げ、よろよろと立ち去っていくではないか。

「アレス様！　まだレッド・トレントはたくさん居ます！」

「対処法は分かったよ。任せて！」

　レッド・トレントの狂暴化は、状態異常が原因だったようだ。そうと分かれば、それを打ち消してやれば良い。

「後ろから二匹。また遠距離から狙われてます」

「リナリーのそれ、めちゃくちゃ便利じゃない。――アイシクルガード！」

　飛来した木の枝を、ティアが弾き返す。

　リナリーが感じ取った気配をもとに、ティアはパーティの守りに専念《せんねん》していた。

　僕は片っ端から、鎮静化の状態異常を与えていく。平常心を取り戻したレッド・トレントは、逃げるようにあっさり立ち去っていく。

　やっぱり元は温厚で臆病なモンスターなのだ。

「Cランクのモンスターなんて倒してしまえばいいと思っていたが……」

「我々だけでこの数に囲まれたら、対処どころか逃げることも覚束《おぼつか》ないかもしれないな。アレスさんたちが居てくれて良かった」

　ロレーヌさんたちが、しみじみと呟いた。

　結局、鎮静化させたレッド・トレントの数は二桁後半。ここら辺に居たレッド・トレントは、ほとんど狂暴化していたようだ。

　そうして戦うこと数十分。

「アレス様！　たぶん狂暴化したレッド・トレントは、もう居ないと思います。これで依頼達成ですね！」

「ありがとう、リナリー。それより驚いたよ。まさか、そんなにすごいスキルを持ってたなんて。ものすごく助かった」

屋敷に居たら、絶対に活躍の機会がなかったスキルだろう。それにも関わらず、リナリーは日常生活の中で自らのスキルを磨いてきたのだ。驚異的な向上心だった。

「専属メイドともなれば、主の護衛もできて一人前です。お役に立てて嬉しいです！」

「それ明らかにメイドの役割じゃないよね⁉」

リナリーは、どこに向かってるの⁉

そんな僕のツッコミを余所に、リナリーは誇らしそうな笑みを浮かべるのだった。


クエストを終えた帰り道。

和気あいあいとした空気の中、リーシャだけは浮かない顔をしていた。

「どうしたの、リーシャ？」

「おかしいと思わない？　バグでもないのに、あれほど狂暴化したレッド・トレントの群れが出るなんて。状態異常の広域付与？　こんなこと、できるのは——」

ぶつぶつと独り言を呟くリーシャ。

「リーシャ、何か心当たりあるの？」

「お兄ちゃん⁉　ううん、なんでもない。だって、そんなこと、あるはずないもん」

リーシャは慌てて首を振り、そう答えた。

たしかにこれは自然に発生した現象ではない。デバッグ・コンソールを発動できなかったことからバグ・モンスターでないとすると、これは人為的《じんいてき》に引き起こされたものなのだろう。

だとしても、ここら一帯に居るすべてのレッド・トレントに、狂暴化の状態異常を付与するなんて可能なのかな？　可能ならなんのために……？

「考え込んでも仕方ないわよ。無事にクエストも終わったことだし、今日はリナリーの歓迎も兼ねて、パーッと朝まで遊び回りましょう！」

「え、夜の遊び!?　本当は真面目なティア様が私なんかのために。滅相もないです！」

「何よ、今さら？　一緒にパーティ組んで、クエストもこなした仲じゃない！」

「た、たしかに……。いいえ、でも駄目です！」

「たぶんリナリーが想像しているようなことは、何もないと思うよ」

謎の想像力を働かせるリナリーを、僕は呆れた目で見る。

笑顔で絡むティアに、リナリーは最初こそ恐縮した様子で首を振っていた。しかし、やがては勢いに呑まれたように頷くのだった。

◆◇◆◇◆

その後、僕たちはティバレーの街に戻り、冒険者ギルドでクエストを報告する。

「レッド・トレントが狂暴になっていたのは、状態異常のせいだったんですか？　どうやって、そんなこと調べたんですか？」

クエストの手続きをしてくれたのは、すっかり顔なじみになってしまったアリスさんだ。アリスさんはいつも、大げさに驚きながらクエストの報告を聞いてくる親しみやすい受付嬢だ。

「僕のスキルです。あ、打ち消したので、もう大丈夫だと思います」

「鎮静化の状態異常で打ち消した!?　どうやってそんなことを!?」

「それも僕のスキルです」

「私からも証言しよう。最初こそ時間稼ぎが必要だったが、後はすごかったぞ。襲ってくるレッド・トレントを指さすだけで、相手は戦意喪失《せんいそうしつ》して立ち去っていく。最近の狂暴化は、間違いなく状態異常によるものだったんだろうな」

「どれだけ規格外なんですか。アレスさんのスキルは……」

何故かどっと疲れた様子で、アリスさんはため息をついた。

それから「クエスト・済」のスタンプを押し、続いて「クエスト発行・狂暴化したレッド・トレントの鎮圧」と書き、おもむろに僕に押し付けた。さらに新規に発行したクエストにも「クエスト・済」のスタンプを押下《おうか》し——。

「あの、これは?」

「話が本当なら、調査依頼の報酬だけでは割が合いません。何もおっしゃらず、いいから黙って受け取って下さい!」

アリスさんは「そんな大事件、調査依頼でやらせたらウチはとんだブラックギルドです!」と悲鳴を上げた。別に調査の一環のつもりだったんだけどな……。

「分かりました。ありがとうございます」

かといって断るのも、アリスさんを困らせるだけだ。

僕は頭を下げて、アリスさんから二つ分のクエストの報酬を受け取った。

◆◇◆◇◆

それからも僕たちは、ティバレーの街を拠点にして様々なクエストをこなしていった。

調査クエスト、採取クエスト、モンスター討伐クエストなど、依頼の内容は様々だった。クエストを受けながら様々なモンスターを相手にすることで、チート・デバッガーの絶対権限はついに一四まで上がっていた。

「お兄ちゃん？」

「う～ん。完全再現コードは、なかなか手に入らないみたいだね」

「私なんて、一生かけても手に入らなかったんだよ。そんなにポンポン手に入ったらズルだよ」

僕の呟きに、じと－っとリーシャが少しだけ恨めしそうな顔で返す。

「それもそうか。絶対権限は少しずつは上がってるし、使えるスキルのレベルも上がってる。無理は禁物だよね」

いつになったら、魔界に向かって旅立てるだろう？　少しだけ不安になりつつも、ティバレーの街でクエストをこなすのが日常になりつつあった頃。

「探したぜ。外れスキル持ちのアレスさんよう」

「あれ、ゴーマン？　どうしてこんなところに……？」

僕は、弟のゴーマンと望まざる再会を果たしたのだった。

それは冒険者ギルドの一角でのことだった。

クエストを物色していた僕に、突如としてゴーマンが声をかけてきたのだ。

「ふん、驚いて声も出ないのか？」

「そりゃそうだよ。屋敷で次期領主としての教育を受けているかと思ったらこんなところに。いったい何をしているの？」

「そんな教育なんて必要ねぇよ。なんてったって俺は、【極・神剣使い】のスキルを手にした選ばれし者だからな！」

高笑いするゴーマン。

「おっと、出来損《できそこ》ないのアレスさんには、スキルの話は酷だったかな。なんてったってアーヴィン家では前例のない外れスキル持ちなんだしな！」

「ちょっと、アレス？　いつまでクエストを選んでるのよ」

何やらゴーマンがにやにや笑いながら話しているところに、ティアがやってきた。

「げっ、あんたはゴーマン。なんでこんなところに？」

ゴーマンを見て、ティアは嫌そうな顔をした。

「ティアさん。あなたはずる賢いアニキに騙されているんですよ」

ゴーマンは突然、ティアの手を握る。

「え？　ゴーマン、誤解だよ。ティアは――」

「アニキは黙ってろ！　ティアは、俺と結婚するんだ！」

怒鳴り散らすゴーマン。

嫌がるティアに気が付かず、ゴーマンはそのまま説得を続ける。

「なんと言って騙されたのか分かりませんが、ただの冒険者に付いていった貴族令嬢が幸せになれるはずがございません。ましてこいつは、外れスキル持ちのクズ。アーヴィン家の汚点であり、今後もろくな目に遭いません。すぐにでも離れるのが得策かと——！」

熱く語るゴーマン。自らの説得が失敗することを、まるで想像していないようだ。

「ねえ、アレス？　こいつ、凍らせてもいい？」

そんな彼にティアは表情を消し、そうひと言。

こ、こわ……。めちゃくちゃ怒ってる……。

ティアは、見るものを凍えさせる絶対零度《ぜったいれいど》の眼差しをゴーマンに向けていた。ゴーマンの発言は、見事にティアの逆鱗《げきりん》に触れたらしい。

「ティア落ち着いて。たぶんゴーマンにそんな悪気はないから！」

「でも……。こいつのせいで、アレスはアーヴィン家を追放されることになったのよね？」

いきなり物騒なことを言い出すティアを、僕は慌てて止めた。

放っておくと氷の彫像が一つ出来上がってしまいそうだ。

「それで？　私が騙されてるって？」

「ああ。そうに違いない！　アニキが聞こえのいいことを言って、あなたを旅に誘ったんだ！」

「私がアレスの傍に居たくて付いていったのよ。悪い!?」

ティアがキッとゴーマンを睨み返す。

「アレス様？　ティア様。何かトラブルですか？」

さらに間の悪いことに、リナリーがこちらの様子を見に来たようだ。

「リナリー!?　貴様!!」

「ゴーマン様!?」

「やっぱりアレスの元に行ったんだな！　恩を仇《あだ》で返しやがって。すぐに戻ってこい！」

いつものように居丈高《いたけだか》に命令した。それだけで言うことを聞かせる自信があったのだ。

屋敷に居た頃のリナリーなら、思わず従ってしまう強い口調だったが、

「お断りです！　私が仕える人は、私が決めます！　アレス様に救われた恩は、これから一生かけて返します。何もできなかった日々に戻るのは、もう嫌なんです！」

リナリーは、今日ばかりは強い口調で拒否する。

「ティアもリナリーも、どうしてだよ？　そんな奴の傍に居るより、アーヴィン家の当主になる俺の傍に居た方が、幸せになれる。そんな簡単なことが、どうして分からないんだよ」

いくらゴーマンが口にしても、ティアたちは決して聞く耳を持たなかった。

「というか外れスキル持ちって馬鹿にしてるけど、絶対にアレスの方が強いわよ？」

何気なくティアが発した言葉。それがゴーマンに火をつけたようだった。

「おい、アレス！　ティアとリナリーの隣に居るべきはどちらなのか、俺様と決闘しろ！」

「ゴーマン、君は本気でそんなことを？」

結局のところ、ゴーマンの発言に彼女たちの意思は入らない。

ティアとリナリーを、いったいなんだと思っているのか。

「ここまで馬鹿にされちゃ、引き下がれねえ。どっちが強いか、きっちり白黒付けてやる！」

「くだらない。僕にとっても、何よりティアたちにとってもなんの得も――」

「もし断るなら、おまえを領地内の犯罪者として捕らえよう。おまえが『神殺し』の称号を手に入れた、などというくだらない噂を広めたことは、すでに調べがついているからな」

「え？　それは噂じゃなくて……」

「はん、まさか事実だとでも言うつもりじゃないだろう？　あまりに馬鹿げた噂だ。つくなら少しはまともな嘘にするんだな！」

僕が何を言っても、ゴーマンはまるで聞く耳を持たない。

「見ててくれティア。アニキが口だけの詐欺《さぎ》野郎だって、必ず証明してみせるからな」

「こんなところまで押しかけておいて、言うことはそれ？　縁談のお断りの連絡が、セバスから行くはずだけど」

「俺はまだ認めていない！」

ゴーマンは、ティアが気になって仕方ないようだった。自らをアピールするようにグイっと身を乗り出し、ティアの手を掴もうとする。

ティアは本気で嫌そうだった。

「分かったよ、ゴーマン。そこまで言うのなら白黒を付けよう。その決闘、引き受けるよ」

「ふん。可哀想に、外れスキル持ちは、実力の差も分からんらしいな！」

僕はティアを守るように、一歩身を乗り出した。

その姿を見て、ゴーマンは馬鹿にしたように鼻を鳴らす。

「決闘は明後日の午後。この街にあるコロシアムを貸し切っておく」

ゴーマンは一方的に要求を突きつける。

そして周りのざわめきも気にせず、我が物顔で冒険者ギルドを去っていった。

「いーだ！　あんたなんか、アレスに勝てるはずないじゃない。アレス、私はあんな奴と一緒になるつもりなんてないわ。絶対に勝ちなさいよ！」

「私だって、もうアーヴィン家に戻るつもりはありません。アレス様のこと信じてます！」

「なんかよく分かんないけど。お兄ちゃん、頑張って～」

ティアが、ベーっと舌を出した。

そうして僕は、ゴーマンと決闘することになった。

◆◇◆◇◆

そうして、瞬く間に決闘の日がやってきた。

「うわあ。すごい人だね……」

「そりゃ、期待の冒険者が出るって噂だもの。戦いをひと目見たいって願う人は多いんじゃない」

人ごみにドン引きする僕を見て、ティアがそう笑った。

「アレス様、頑張って下さい！」

「やりすぎないでね、アレス」

ティアとリナリーに見送られ、僕は闘技場の中に入った。

闘技場の控え室には、すでにゴーマンが先に入っていた。

「ふん、よく逃げずに来たな。これだけの人数を前に、化けの皮を剝がされる気持ちはどうだ？」

「今日までにできることは、すべてしてきたからね。精一杯戦うだけだよ」

「ふん、口だけは一丁前だな？　辞退するなら今だぞ？」

ゴーマンが嗜虐《しぎゃく》的な笑みを浮かべる。

「僕だって、あれから遊んでた訳じゃない。ティアの意思を無視して、決闘で決着を付けると言うのなら、僕だって負けるつもりはない！」

「ほざけ！　ティアは、俺と一緒に居た方が幸せになれるに決まってる！」

僕だって最初は、そう思っていたさ。

だけどティアの願いを聞いてしまった今、それは違うと断言できる。どちらにせよ、こんな形で彼女の意思を曲げさせる訳にはいかない。

「ティアの幸せを決めるのは、ティアだよ。僕たちじゃない」

「ふん。最後まできれいごとを言うか！　アレス、おまえのことは昔から嫌いだった。俺の方が優れているって、大勢の観客の前で証明してやる。ボコボコにしてやるよ！」

僕の宣言に、ゴーマンは獰猛に吠《ほ》えた。

ティアたちの未来を懸けた決闘が今、始まろうとしていた。


「ゴーマン様！　次期領主の力、見せつけてやって下さい！」

ゴーマンが決闘場の中に入ると、観客席の隅っこでそんな声が上がった。

会場に居る人数からすれば小さなもの。それでもゴーマンは、気持ち良さそうに手を振り返している。続いて僕が決闘場に入ると、

「うおおおお！　アレス様!!」

「ついに、ついに！　アレス様の戦いが見られるんだな!!」

「そんな口だけの領主の息子、叩きのめしてやって下さい！」

観客席から割れんばかりの声援が響き渡った。

最前列には、ティアたちも座っていた。これはますます負けられない。

「な、馬鹿な！　今日に備えて、俺を支持する配下を闘技場にたくさん配備したんだぞ！　アレスてめえ、いったいどんなトリックを使いやがった！」

「ええ……。別に何もしてないよ」

堂々とサクラを使ったと宣言するゴーマンに、僕は呆れた声で返す。

「試合、始め！」

そうして審判が、戦闘開始の合図を送る。

「ハッハハッハ！　外れスキル持ちには越えられない、圧倒的な力量差を思い知らせてやるよ。一瞬で終わらせてやるぜ！」

ゴーマンが高笑いをしながら、僕に突っ込んできた。

——フェイントかな？

思わず疑ってしまう。それほどまでに、ゴーマンの動きは単調だった。

恐らくは【剣士】スキルによる突撃技だ。敵に向かって突っ込むだけの一撃。僕はゴーマンの剣を冷静に見据えて、軽くいなしていく。

「おらおら、どうした！　防ぐので精一杯か！」

一方、ゴーマンは実に楽しそうに剣を振るっていた。扱うのは剣士や剣聖の技。

「ゴーマン、どうして剣士や剣聖のスキルを？」

「はっはっは！　可哀想なアレスにも教えてやろう。【極・神剣使い】はな！　手に入れただけで、剣士・剣聖の技をすべて手に入れることができるんだよ！」

そんなことは知っている。

剣士や剣聖の技が使い放題になるのが、極・神剣使い最初の恩恵である。まったく、極・神剣使いってのは、最高だよな！

「ハッハッハッハ！　あの剣聖のスキルだって使い放題なんだぞ。まったく、極・神剣使いってのは、最高だよな！　どうだ、アレス!!　これが俺の手にした力だ!!」

ゴーマンは高笑いしながら、尚《なお》も剣を振るっていた。

一方の僕は、ただただ反応に困っていた。そのスキルの真骨頂は、下位スキルを得ることではない。そんなものは始まりに過ぎない。おまけと言ってもいい。

例えばスキルレベル六で覚えた固有スキルは、そんなものを過去にするほど強力だ。僕より早くそのスキルを手にしたゴーマンが、分からないはずがない。

それなのに僕に対して剣聖のスキルを使う理由は――、

「虚空・瞬破ッ！」

僕は、【極・神剣使い】のスキルを発動した。

目にもとまらぬ強力な切り上げ――それはゴーマンの武器を一瞬で弾き飛ばした。

「ゴーマン、これで手を伏せる意味はないよね」

「おまえ、いったい何を……」

「見せてよ。君が手にした【極・神剣使い】の本当の力を」

手の内をこの場でさらさないため？

それとも下位スキルによる技で十分だと判断した？

ゴーマンが、手にした力を振るわない理由は分からない。それでも僕は、この決闘に本気で臨んでいる。

手を抜いて倒せると思われていたなら、随分と舐められたものだ。

だからこそ僕は、わざと極・神剣使いの技を使ってみせた。挑発するように。手にした技を、思うままに撃ってこいと誘ったのだ。

対するゴーマンの返答は――。

「な、なんだよ。さっきの技は？」

僕が放った技を見て、震える声でそう言った。

「何って、【極・神剣使い】のスキルだよ。君だって、とっくに覚えてるはずだよね」

「はあ？　くだらない嘘をつくな。おまえが【極・神剣使い】のスキルを使える訳がないだろう」

ゴーマンの言葉に、僕は黙って剣を向けた。

そこまで教える義理はない。

「滅多にないレアスキルだし、使える技を隠したいってのは分かるけど」

「おまえはいったい、何を言っているんだ？　【極・神剣使い】は、剣士や剣聖のスキルが使えるようになるスキルだろう？」

……は？

いったいゴーマンは、何を言ってるの？

「スキルを授かった後に、師匠から教えを受けなかったの？」

「うるさい。なんで俺が、冒険者上がりの人間に教えを乞《こ》わねばならんのだ。選ばれし者に、凡人の努力なぞ不要だ！」

ゴーマンはそう喚き散らす。普段から剣の稽古はサボっていたけど。それは次期領主の座を手にした今も、まるで変わっていなかったらしい。

「アレス、またそんな目で俺を見るのか。おまえが俺を見下すんじゃねえ！　俺は超レアスキルを手にした選ばれし者だ。おまえは外れスキル持ちのゴミだ！　それなのに、それなのに!!」

ゴーマンは顔を真っ赤にして、何事かを叫ぶ。

一体一の対人戦において、心の冷静さを失ったら付け込まれるだけだ。そんなことは師匠から、まっさきに習うはずなのに。激昂《げっこう》するゴーマンを冷ややかに見てしまう。

だけど決して油断はしない。

なんせこの戦いには、ティアやリナリーの未来が懸かっているのだから。

警戒は決して解かずに、僕はユニットデータ閲覧を使った。

【コード】ユニットデータ閲覧
名称：ゴーマン・アーヴィン（LV4）
HP：67／67
MP：14／14
▲基本情報▼

そこに映し出されたのは、そんなステータスだった。

僕を追放した日から、ゴーマンは手にしたスキルを誇るだけで、何もしなかったのだろう。だからレベルは上がらず、スキルレベルだって一のまま。

「分かった、ゴーマン。決着を付けよう」

虚《むな》しさすら感じられた。

僕は向かってくるゴーマンに視線を向ける。

我を失っているのか、彼は剣士や剣聖の技すら使うことをしなかった。武器に振り回されるように、手にした剣を僕に振り下ろしてくる。

──あまりに拙《つたな》い一撃だった。

僕はそれを真正面から受け止める。

そうして返す刃《やいば》で一閃。ゴーマンの剣を天高く打ち上げる。

「ゴーマン。【極・神剣使い】のスキルは、こんなことだってできるようになる。願わくばすべてを《》やり直して、師匠とその先の世界が見られますように――『虚空・天破《てんは》！』

僕が使うのは、スキルレベル一〇で新たに覚えた新技だ。

それは剣先から、自身の魔力を撃ち出す遠距離攻撃。神々《こうごう》しい真っ白なレーザーが、剣先から放たれた。天にまで届かんかと言わんばかりの純白の極光。

「なんだよそれ？」

宙高く浮いた剣が跡形もなく消滅したのを見て、呆然とゴーマンが呟いた。

「まだ続ける？」

「ま、参った！」

僕の問いかけに怯えたように、ゴーマンがぺたんと尻もちをついた。

「勝者、アレス・アーヴィン！」

そうして審判の宣言。

うおおおお！　と観客席で、大きなどよめきが起こった。

「な、なんなんだあの技は！」

「あれが神を殺した大技なのか⁉」

「あれが剣技なんて信じられん！　大魔術でもあれほどの威力は出ないぞ！」

興奮冷めやらぬ様子で、客席の観客が何やらささやき合っていた。

そんなざわめきを余所に、僕はティアたちの元に向かう。

「流石アレスね！　絶対に勝つって信じてたわ！」

「アレス様、格好良かったです！」

僕が姿を現すと、ティアたちがパッと笑みを浮かべて飛びついてきた。

「二人ともありがとう。ごめん、僕の弟が本当に迷惑をかけた。でも、これであいつが強引な手に出ることは、もうないと思う」

決闘に至る成り行きは、この場に居る人たちの間で大々的に広がっている。

ゴーマンが自ら触れ回ったからだ。

「当ったり前よ！　次、何か言ってきたら、今度こそ凍らせてやるわ！」

「私も自衛のために、何か魔法を覚えないと……」

物騒なことを言う二人。……冗談だよね？

そうしてゴーマンを相手にした決闘騒ぎは、幕を閉じたのだった。

【SIDE: ゴーマン】

決闘が終わる。

「くそっ。アレスめ！　こんな大勢の前でよくも！　絶対に、絶対に許さねえぞ!!」

俺――ゴーマン・アーヴィンは、しばらくは何が起きたかも理解できなかった。アレスが訳の分からないことを叫んだかと思えば、手にした得物が消滅していたのだ。

そうして審判の口から、俺の敗北が告げられる。

「どうしてこんなことになった。ふざけるな！　ふざけるな！」

誰がどう見ても完敗だった。俺の惨めな敗北を見て、集めたサクラは、あっさり席を立った。耳に入るのは、アレスを称《たた》える歓声のみ。

俺は、ひっそり闘技場から立ち去ることを余儀なくされた。

とにかく人が居ない場所に行きたかった。

闘技場を後にした俺は、逃げるように近くの森に駆け込んだ。

「パワー・ストライク！　スターブレイド！」

苛立ちを抑えきれず、近くの木に八つ当たりした。

放つのは剣士の技。続いて剣聖の技。

そうだ。俺はこんなにも強い。あの日、俺はすべてを手に入れたはずなのだ。

闘技場での決闘は、俺を褒め称えるための舞台だった。そのはずだったのに――。

「あれはなんだ？　あいつはいったい何を言っていた？」

どういう訳かアレスは、『極・神剣使い』のスキルを手にしていた。そして俺よりも使いこなしているように見えた。最後に見せられた技は、剣術の枠を超えていた。

まさしく神の領域。格が違う能力だと感じさせられた。

「本当に、どうしてこんなことになったんだ」

もう取り返しが付かない。

俺は馬鹿みたいに決闘騒ぎを起こし、こうして無様《ぶざま》に敗北したのだから。

俺は苦々しく、昔を思い出していた。

いつの日からか、優秀なアニキばかりが注目される日々。

何をやってもアレスと比べられた。次期領主としての教養も、剣の腕も、あいつはあっさり俺の限界を超えていく。そう、あいつは紛《まご》うことなき天才だった。

何をやってもあいつに届かないのなら、努力なんてするだけ無駄だ。

そう腐っていた日々。優秀な跡取りが居るからと、俺はあっさり見放された。

このままではいけないと、アレスは何度も手を差し伸べてきた。

俺のような人間であっても、手を差し伸べてくる。そんなあいつが大嫌いだった。

苦々しく思いながら、俺はそのことごとくを振り払ってきた。それでもアレスは、笑みを絶やさない。いつだってあいつは、誰からも慕われていた。

すべてが俺とは正反対だった。

――そして、あの日がやってきた。

まさしく一発逆転だった。授かったスキルにより、いきなり立場が入れ替わったのだ。

「結局、俺はあいつには勝てねえのかよ」

ようやく俺にも、運が巡ってきたと思ったのに。

あいつは本気を出してすらいない。最初からあいつの視界に、俺は映っていなかったのだろう。

今回のことも、ただ降りかかった火の粉を振り払っただけだ。

父上だって、俺に愛想を尽かしたことだろう。そうなればアレスを呼び戻すかもしれない。俺は必要のない人間に逆戻りだ。

「くそっ。アレスめ！　あいつさえ、あいつさえ居なければ！」

憎悪と共に、森で剣を振るう。

そんな時だった――、

「ふ〜ん、いい憎悪《ぞうお》だねえ。君がアレスの弟か。なるほどねえ」

そんな声が聞こえてきたのは。

振り返ると、一人の少年が立っていた。

「何者だ？」

近づかれたことに、まるで気が付かなかった。

「そんなことより君、随分こっぴどくやられたみたいだねえ？」

「俺は今、機嫌が悪い。ぶっ飛ばされたくなければ、すぐに立ち去れ」

「お〜、怖い怖い。でもね、実力差を見極められない奴は、長生きできないよ？」

少年はパチンと指を鳴らした。それだけで、俺が手にしていた剣が消滅する。

「は――？」

「ゴーマン、力が欲しくないかい？　世界をありのままに操る力だ。どうしても復讐《ふくしゅう》したい相手が、君には居るんじゃないかい？」

そう言って、少年は無邪気に笑う。脳内では、ひたすら警鐘が鳴り響いていたが、

「その力があれば、俺はあいつに勝てるのか？」

思わず飛びついてしまった。

「ああ、勝てるとも。君は優秀だ。あいつは、世界の法則に干渉するズルをした」

「ズル、だと？」

「そうだよ。アレス・アーヴィン、あいつは君が手にするはずだった最強のスキルを、汚い手で奪い取ったんだ。今も陰では、君をあざ笑っている。対等な条件なら、君が負けるはずはないさ」

「なんだと！　なら本当は、俺はあいつより優秀なんだな!!」

少年の口から飛び出すのは、俺が欲しかった賞賛の言葉。

ああ、そうだ。俺はあんな奴よりも、優秀なんだ。少年の言葉はとても心地良かった。

「当たり前さ、ゴーマン。君はこの力で、奪われたものを取り返すんだ」

「欲しい！　その力、俺に寄こせ！」

俺がそう言うと、目の前の少年はニヤリと微笑んだ。

少年が手をかざすと、目の前に人の顔ほどの禍々しい黒球が現れる。

あれは人間が触って良いものではない。逃げようにも、体は金縛《かなしば》りに遭ったように動かない。

「ふざけるな！　それはなんだ！」

「君に力を貸してくれるものだよ。恐れることは何もない。……それにね、今さら気が付いても、もう手遅れだよ」

少年は、憐れむように俺を見た。

黒い球体はこちらに向かってきて、そのまま俺の体の中に吸い込まれていった。

「があああああ――！」

最初に感じたのは、全身に走る鋭い痛み。あまりの痛みに、視界が明滅した。

――そうして俺は意識を失った。

「こうも簡単に〝これ〟を受け入れるとはねえ」

ゴーマンが倒れたのを見届け、少年は呆れたように呟く。

少年が放ったのは、この世のバグを濃縮《のうしゅく》した不条理《ふじょうり》の塊だ。普通の人間なら拒否反応を起こす。

体がバグに覆われて消滅するか、バグが弾かれるかのどちらかだ。しかしゴーマンは、アレスへの恨みからか、あっさりそれを受け入れてしまったのだ。

「アレス・アーヴィン、今代のデバッガー。目覚めたばかりのくせに、邪神を難なく倒して生還《せいかん》するとはね。リーシャも付いてるみたいだし、厄介な相手だね」

口ではそう言いながらも、少年は楽しそうにくっくっと笑う。

「ふふ。世界の英雄になる男が、弟殺しの罪を背負うか。それとも……？　ふふふ、どう転んでも面白いものが見れそうだね」

バグを受け入れた人間が目覚めるまで、まだまだ時間がかかるだろう。

気絶したゴーマンに踵《きびす》を返し、少年は歩き始めた。

五章　異常の兆し

決闘の日の夜。

僕とティアは、宿の部屋で顔を見合わせていた。

二部屋に分かれて男女別にしようとしていたが、何故かリナリーが「アレス様は、ティア様とお泊まり下さい！」と熱弁。リーシャを連れて、隣の部屋を取ってしまったのだ。

「アレス、お疲れ様！　ま、まあ？　全っ然、心配なんてしてなかったけどね！」

「うん。ありがとね、ティア！」

「え？　うん。……そしてごめんなさい」

「え、何が？」

意味が分からず首を傾げる僕に、ティアはポツリと言葉を漏らした。

「だってこの決闘、どう考えても私のせいよね？」

「あれはどう考えても、ゴーマンが悪いよ。弟が迷惑かけてごめん」

「アレスが謝ることはないわ。最終的には全部、私の言葉が原因じゃない。まさか、こんな大事《おおごと》にしてくるなんて」

「ティアが気にする必要はないよ。ゴーマンの行動を読み切れなかった僕のせいだ……」

決闘を受け入れたのは僕だ。まさか大々的に噂を流して、闘技場を貸し切って舞台を整えるなんて……。まあ、目立ちたかったんだろうなあ。

「それに【極・神剣使い】の使い手とは、一度は戦ってみたかったんだ。冒険者としてやっていくなら、こういうことも慣れておいた方がいいしね」

荒くれ者の多い冒険者だ。冒険者ギルドが取り仕切っているとはいえ、揉《も》め事は基本的には当人たちで解決しろというのが当たり前。決闘騒ぎは、別に珍しいことでもない。

そう口にしても、ティアの表情は晴れなかった。

「私、アレスの役に立つどころか、いきなり足を引っ張って……」

ここまで落ち込んでいるティアは、かなり珍しい。僕が知るティアは、いつだって自信満々で堂々としていた。否、見せなかっただけで、これもティアの一面なのだろう。

そんな心配は全然要らないのに。

僕は少しだけ考え、ティアの額に手を当ててみた。

「ティア？　熱でもあるの？」

「――は？」

僕の言葉に、案の定ティアは目を三角に尖らせた。

そんな表情を見て安心してしまうのは、間違っているのだろうか。

「だって、そんな気にしても仕方ない話を、いつまでも引きずってさ。らしくないよ」

「な！　そんな言い方しなくても――！」

ティアはキッと僕を睨もうとして、力なく目を逸らした。

「それを言うなら、最初に巻き込んだのは僕だよ。身勝手な自分の夢に、ティアを巻き込んだ」

「え？　それは違うわ。アレスに付いていくって私が決めたんだもの！」

これまでも散々、話し合ったことだ。もちろん分かっている。

いまだに申し訳ないと思う心もあるが、口にしてもなんの意味もない。

今回のことだって、それと同じだ。

「僕だって同じだよ。ティアと旅を続けるために、ゴーマンを返り討ちにした。すべては自分の望みを叶えるため。それだけだよ」

「でも、それは元を正せば私のせいで――」

「決闘だって、たまたまティアがきっかけだっただけだよ。結局のところ、僕がティアと旅を続けたかった。邪魔してくるなら叩きのめす――誰のためでもなく自分のためだよ。ティアが気にする必要なんて、何もないんだよ」

それ以上でも、それ以下でもない。

ティアがどう思っていても、僕の行動は僕だけのものだ。それだけが真実だ。

「……アレスはずるいよ」

とはいえ、納得できるものではないだろう。

ティアは不満そうな顔をしながらも、そのままベッドに潜り込んだ。

「そんなこと言われたら、何も言えないじゃない」

弱々しい声。そして沈黙が訪れた。

なんと声をかけていいか、分からなかった。

「ティア、信じよう。相手の身勝手さを――」

考えた末に出てきた言葉はこんなもので……。

「何よ、それ？」

「だって僕たちはお互いに、これ以上ないほどに身勝手なんだよ。お互い絶対に自分がやりたいことしか、しないと思う。そう思えば迷惑かけたかもなんて、悩むのも馬鹿らしくならない？」

「何よそれ……」

寝返りを打ったティアは、いつものように呆れた目で僕を見た。

それでも少しだけ晴れやかな顔をしているのは、気のせいだろうか。

「私、絶対にアレスの力になれるように頑張るから。隣に立つために頑張るから――」

そんな静かな誓いと共に。ティアは静かに寝息を立て始めるのだった。

「ティアにはずっと助けられてるよ」

僕は小さく呟く。

外れスキル持ちだと、実家から追放された時。これまでの生き方を否定されて、ショックを受けていた僕を、最初に肯定してくれたのはティアだ。こうして前向きに夢を追いかけようと思えたのも、彼女のおかげだ。

何よりティアは、誰より大切なパートナーだ。パーティメンバーだ。でも彼女が望むのは、安定した生活ではない。僕が守ることでもない。

隣に立って、共に戦うことなのだ。

『特殊効果付与』

僕だけが強くなっても意味がない。

いずれティアを頼る時が来る。そんな予感があった。

「剣姫の固有効果『エンチャント・ホーリーナイト』固有技の効果を四倍に引き上げる、か。『アイシクル・シャープネス』氷属性技の威力を一度だけ八倍にする。これも使えそうだね」

僕は、リストからとっておきの支援効果を探していく。

「ティアとの連携も大事になるね」

彼女の戦い方をアシストするために、効果を丁寧に選んでいく。

それもまた楽しい作業であり、気が付けばあっという間に夜が更けていった。

◆◇◆◇◆

翌日、冒険者ギルドに向かった僕は、空気が張りつめているのを感じた。

誰もがクエストボードを前に、険しい顔をしている。

「どうしたんですか？」

「あ、アレスさん！」

その中になじみの顔を見つけ、僕はロレーヌさんに声をかけた。

「実は、ダンジョンの調査に向かったパーティが、命からがらダンジョンから逃げ帰ってきたんだ。なんでも現れるモンスターが強力すぎて、とても調査どころではなかったらしくてな」

ダンジョンの調査に向かったのは、このギルドでも精鋭のパーティだ。

初めのうちは、順調に攻略が進んでいたという。しかし何階層か進んだ場所で、瞬く間に高ランクモンスターに囲まれパーティは半壊。逃げるのが精一杯だったそうだ。

「さらに悪い知らせがあってな。私たちが異変に気が付いたのは、本来はコウモリの洞窟に存在しない階層だっただろう？」

「え、そうなんですか？」

僕の疑問に、ロレーヌさんは微笑しながら説明を続ける。

「ああ。もともとあのダンジョンは、そこまで広くない。しかし調査に向かったパーティによると、浅い階層にもSランクモンスターが出没しているらしくてな」

ロレーヌさんが、渋い顔で呟いた。つまりは凶悪なモンスターが、ダンジョン全体に広がっているということか。驚く僕たちを余所に、悪い報告はまだ続く。

「モンスターが凶悪化した理由も、まだ分かってない。もしあのクラスのモンスターが、続々と人里に現れたりしたら――」

「どれだけの被害が出ることか、想像するのも恐ろしいですね」

「だから原因を突き止めて、どうにかしてモンスターを駆除しないといけない。そういう話は出ているんだがな……」

そう言いながらロレーヌさんが、クエストの一角を指さした。

そこに貼られていたのは、任意参加の緊急クエスト。依頼内容は、Sランクダンジョンと化したコウモリの洞窟の攻略依頼。しかし見たところ、そのクエストを引き受けようとするパーティは存在しないようだった。

「Sランクのバケモノがわんさか出るんだろう？　勝てっこねえ！」

「俺も絶対に受けないぞ。まだ死にたくねえからな！」

「みんなこの調子なんだ。かく言う私たちも、受注するとは言えなくてな。あのダンジョンの恐ろしさは、身に染みているからな」

ロレーヌさんは、自嘲《じちょう》するようにため息をついた。

「お兄ちゃん？」

「うん、明らかな異常事態だ。引き受けよう」

ささやくリーシャに、僕は頷き返した。

その後、僕たちはクエストを引き受けるべく受付嬢のアリスさんの元に向かう。

「アレスさんが引き受けて下さるのですね。それなら安心です！」

「はい。よろしくお願いします」

疲れた顔をしていたアリスさんは、僕の姿を見るとホッとしたように息を吐いた。

引き受ける人の居ない緊急クエスト。下手すると、冒険者ギルドでも手に負えない事態かもしれないと不安だったようだ。

「アレスさんたちばかりに、負担をお掛けして申し訳ありません。ですが我がギルドの精鋭たちですら、命からがら逃げるのが精一杯でした。アレスさんたちが向かって下さるのなら、これ以上ないほどに心強いです」

「それは期待しすぎですよ」

そうして僕たちは、再びコウモリの洞窟を訪れることになった。

◆◇◆◇◆

それから数時間後。

僕たちは、コウモリの洞窟の入り口で話し合っていた。

「向かうのはSランクダンジョンだ。気を引き締めていかないと――『極・ライフアップ！』」

とっておきの特殊効果を、僕はパーティ全員に付与した。

凶悪なSランクダンジョンに向かうのだ。一歩間違えたら即全滅もあり得る。

「アレス様、それはなんですか？」

「最大HPを上げる支援効果だよ。もっとも格上相手だと、気休めにしかならないかも。リナリーとリーシャは、極力モンスターから身を隠しておいてね」

「分かりました」

「うう。私も、デバッガーのスキルが使えれば――」

僕の言葉に頷くリナリーたち。

「ちょっとアレス、また自分だけで戦うつもりなの？」

一方のティアは、どこか不満げだった。

「ううん、僕だけだと限界あるから。ティアには一緒に前衛をやって欲しい。すごく危険だと思うけど……」

「それならいいわ。任せて！」

ティアは「危険なんて冒険者には付き物よ！」と、やたらと張り切りながら笑みを浮かべた。危険な前衛をお願いしたのに、ここまで喜ばれるなんて。

そうして僕たちは、ダンジョンの攻略に乗り出すのだった。

僕たちを最初に迎えたのは、ダンジョン・サイクロプスだった。

全長数メートルにも達する人型のモンスター。レベル四三の難敵だ。

「リナリー、他にモンスターの気配はない？」

「はい！　この周辺に居るのは、そいつだけだと思います！」

リナリーの探知スキルは、ほんとうに優秀だった。

避けようと思えば戦闘を回避できるし、不意打ちの心配もない。

「ティア、相手は氷属性が弱点みたい。『アイシクル・シャープネス』――これで一回だけスキルの威力が、大きく上がるはず。撃ったらすぐかけ直すね」

僕が使ったのは、氷属性技の威力を一度だけ八倍に引き上げる支援効果だ。

「ヒットアンドアウェイね。了解！」

パッと飛び出し、ティアは腰のレイピアを抜くと、

「氷華！」

剣姫スキルの技を放つ。

「はあ――？」

ティアの攻撃は、モンスターの巨体を呑み込まんばかりの超特大の氷の華を咲かせた。自らの生み出した氷の華を、惚けた顔で見るティア。

信じられないことに、ダンジョン・サイクロプスは一撃で絶命していた。以前、訪れた時に苦戦

したのがウソのようだ。

「アレス、何したの!?　あれだけ苦戦したダンジョン・サイクロプスが一撃なんだけど!?」

「え?　僕は普通に支援効果をかけただけだよ。すべてはティアの力があってこそだよ」

「ただ支援効果をかけた、ねえ……」

ティアが、じとーっとこちらを見た。

「ねえ、アレスの支援効果。ちょっとおかしくない?」

「え、何かまずかった?」

「逆よ、逆!!　もはや支援効果の域じゃないって言ってるの!」

そう言いながらティアは、ため息をつく。

なんでも通常の支援効果は、せいぜい攻撃力を一・二～一・三倍にする程度のものらしい。しかし僕が使った支援効果は、氷のサイズから推定するに実に八倍程度。その効果量は、これまでの常識をぶち壊すほどのものらしい。

ティアの言葉を、僕は苦笑いで聞く。たしかに支援効果のリストの中でも、とにかく威力の大きいものを選んだしね。

「ティア、油断はしないでね。いくら攻撃力が上がっても防御力はそのままだから。一撃でも貰ったら、それが致命傷になりかねない」

「うん、分かってる。私が戦えてるのは、全部アレスのおかげだもん」

「それは大げさだよ」

ティアが素人であれば、とっくに隙を突かれて攻撃を貰っている。Sランクモンスターを相手に圧倒しているのは、ティアの並外れた技術力あってこそだ。

「前方三〇メートル、角を曲がったところに一体！」

「ありがとう、リナリー。『エンチャント・ホーリーナイト』――次は物理攻撃が弱点。ティア、剣姫スキル全般が有効だよ」

「分かったわ！」

複数体のモンスターは、迷わず回避した。

代わりに単騎の敵は、経験値を得るためにも積極的に狩りにいく。記憶を頼りに弱点を突けば、容易に圧倒することができた。

ダンジョン攻略は、順調そのものだった。

「お兄ちゃん～。みんな強すぎて、私の出番がないよ～？」

大量の賢者の石を抱えながら、リーシャがそんなことを言う。

う～ん、回復担当に出番が来ないのはいいことだけど。

「攻撃アイテムも持っとく？」

「要らない。ティアお姉ちゃんに万が一のことがあったら、すぐにでも賢者の石を使うから！」

「うん、それがいいよ。それも大事な役割だからね」

いざという時に回復役が控えているのは、本当に頼もしい。

その後もダンジョン攻略は順調に進み、ついに僕たちはボス部屋の前に到着した。

ボス部屋に入った僕たちが見たのは、かつてここで邪神を復活させた少年であった。以前と同じように、顔をスッポリ覆うように深々とフードを被《かぶ》っている。

「また君たちか。懲りずにこんな場所まで来るとはね」

「Fランクダンジョンが、突如としてSランクダンジョンに変貌する。そんなこと、普通ならあり得ないからね」

まるで付き従うように、少年の周りを黒い球体がぐるぐると回っていた。カオス・スパイダーを倒した後に、僕たちを呑み込もうとした黒い染みと同質のものだ。

「お兄ちゃん、どうか気を付けて」

「分かってる」

異質な存在感。リーシャが、僕の背中を掴む。

冷や汗を流しながらも、僕は少年の挙動を見逃さぬよう意識を集中した。

「それで、何をしに来たんだい？」

「もちろんバグを倒しに。こんな異常事態、放ってはおけないもん」

「ふ〜ん。こんな零細《れいさい》ダンジョンの最奥部までご苦労様なことで。デバッガーお得意の自己犠牲精神かい？　良かったじゃないか、リーシャ。いい弟子が見つかって」

「――――ッ！」

少年が突如として呼びかけたのは、僕の背後に隠れているリーシャだった。

ビクッとしたようにリーシャが肩を震わせたが、

「アルバス！　あなたの考え方は、やっぱり間違ってるよ！」

観念したように前に出ると、リーシャは少年――アルバスにそう呼びかけた。

「何が間違ってるって言うんだい？　僕たちが手にしたのは、世界を自由に操るための力だ」

そう言いながら、アルバスはパチンと指を鳴らす。

まるで手品のように、少年の目の前にモンスターが現れた。このダンジョンに生息していたダンジョンコウモリ――Fランクのモンスターだ。

少年は再度、パチンと指を鳴らす。

するとコウモリが、ぐにゃりと変形していく。じわじわと巨大化していき、やがては巨大な人型モンスターであるダンジョン・サイクロプスに変貌した。

「な……!?　まさかダンジョン現れた危険なモンスターは!?」

「ああ、そうだよ。初代・デバッガーであるこの僕――アルバスが、このダンジョンをSランクダンジョンに造り替えたんだよ」

アルバスのゾッとするような冷たい目が、僕を貫いた。

「ここでうんと繁殖させて、いずれは街を襲わせるつもりだったんだ。それなのに、こうも早く見つかるとはね。おまけに思いっきり数を減らしてくれやがって。本当に君たちは、ことごとく僕の計画を邪魔をしてくれるね」

「計画……？」

「ああ。君たちの行く先には、常に異変が起きていただろう」

まるで明日の天気でも語るように。

アーヴィン領に突如として現れたバグ・モンスターも。

森に現れた狂暴化が付与されたトレントの群れも。

――すべては街を滅ぼすための準備だったと、アルバスは楽しそう語った。

「アレス・アーヴィン。おまえはそこの出来損ないと違って、随分とデバッガーの能力を使いこなしてるみたいじゃないか」

少年は、リーシャをあごで指す。

怯えたように後ずさるリーシャ。彼女を庇うように、僕は一歩前に出る。

「僕の大切な妹を出来損ないとは。いくら初代デバッガーでも聞き捨てならないね」

「だってそうだろう。そいつは最後まで、デバッグ・コンソールへのアクセスすら覚束なかったんだ。それなのに吐く言葉はきれいごとばかり。寒気がしたね」

吐き捨てるアルバス。リーシャとアルバスは、前世で知り合いだったのだろうか？

過去に何が起きたのかは分からない。それでも結果としてリーシャはバグに呑まれて消え、アルバスはこうして生きている。

リーシャの敵ならば、こいつは僕の敵だ。

「考えてもみなよ。僕たちの力は、世界を自由に操れるんだ。僕たちは、世界を好きに操る権利を手にしたんだよ。どうして女神様のために、僕たちが手を尽くさないといけないんだい？」

「アルバス、あなたは本当はそんなことを望んでは――」

「黙れよ、リーシャ。おまえに用はない。僕は今代のデバッガーと話してるんだよ」

懸命に話そうとするリーシャを、一言で切り捨てるアルバス。

「アレス・アーヴィン。外れスキル持ちというだけで、これまでの努力を軽んじられ、さらには世界を救うなんて役割を押し付けられた。そうだろう？」

「ううん、別に押し付けられてなんて……」

「おまえを追放したアーヴィン家の連中が憎くないのか？　僕と手を組めば、好き勝手に世界をもてあそべるんだ。不条理を押し付けてきた相手に、目にもの見せてやれる。そんな未来を想像してみなよ。楽しいとは思わないのかい？」

そう言ってアルバスは、僕に手を伸ばした。まるで表情を変えず、無邪気な笑みだけを浮かべている。すべての感情を、どこかに置き忘れてしまったような笑みだ。

いいや、違う。あれはすべてを押し隠しているだけで――、

「本当にそう思うなら。どうして君は、そんなに悲しそうな顔をしてるの？」

時が凍りつく。僕の言葉に、アルバスはそっと目を背けた。

「くだらない。そんなことに能力を使うなよ」

「見れば誰だって分かるよ、そんなに空虚《くうきょ》な笑みを浮かべてさ。少しはリーシャの楽しそうな生き方を見習ったらどうなの？」

リーシャは胸を張って生きている。楽しそうに、ただただ無邪気に。

――その笑みには迷いがないのだ。

「デバッガーの能力は、その気になれば世界を自由に書き換えられる力だよ。悪用すればなんだってできることは、僕だって分かってるさ。だからこそ君を見過ごすことはできない」

「そうかい。おまえがあくまで、デバッガーとして気高くあろうとするのなら。もうじき『大災厄』が起きる。アレス・アーヴィン、止められるものなら止めてみるがいいさ」

アルバスはそう言うと、いきなり姿を消してしまった。

ダンジョンからの瞬間移動。あれもデバッガーの力の一つなのだろうか？

「あいつのことは気になるけど、まずはダンジョンをどうにかしないと」

ボス部屋を出た僕たちは、さらにダンジョンの調査を進めることにした。しかしばらく歩き、すぐに異変に気付くことになる。

「あれ？　モンスターの気配が全然ないね」

「現れるモンスターも格下ばかり。どうなってるのよ」

あれほど居た凶悪なモンスターたちが、跡形もなく消え去っていた。ときどきFランクモンスターのコウモリが現れるが、僕たちを見ると慌てて逃げていく。

「異変が収まったのかな。リーシャはどう思う？」

「ダンジョンの異変は、アルバスのせいだった。今、アルバスは大災厄を起こすことだけを考えてる。だからダンジョンで力を使うのは止めたのかも」

アルバスは能力の一部だけで、これほどの変異を起こしてみせた。そんな存在が、次は能力すべてを使って大災厄を起こそうとしている。あまりに不吉だった。

「一刻も早く、街に戻った方がいいかもしれないね」

「うん。私、話さないといけないこと。いっぱいあるから」

リーシャは小さく呟いた。

行きが嘘のように平和なダンジョンは、嵐の前の静けさかもしれない。

◆◇◆◇◆

ティバレーの街に戻った僕たちは、そのまま宿に戻り話し合っていた。

「みんなに話しておかないといけないことがあるの。今回の黒幕のことだけど――名前はアルバス。初代デバッガーで、前世の私の師匠なんだ」

沈痛な表情で、リーシャは口を開く。

「リーシャの師匠？」

「うん。最初は優しくて頼れる人だった。今は道を踏み外した可哀想な人。あの人は世界を滅ぼそうとしてる。今や意思を持ったバグそのものだよ」

――世界を思うままに改変したら、バグそのものになっちゃう。

邪神と戦った時のリーシャの叫びを思い出す。デバッガーの能力を悪用して、バグそのものと化した前例を、リーシャは知っていたのだ。

「悔しいけどあいつは、僕よりスキルを使いこなしてる。そんな人がデバッガーの能力を悪用してるのか。……厄介だね」

「お兄ちゃんは、アルバスの言葉を聞いてもなんとも思わないの？」

「なんのこと？」

不安そうに問いかけるリーシャに、僕はきょとんと首を傾げる。

「だって。お兄ちゃんは、スキル一つで今までの生き方を否定された。理不尽に居場所を奪われた。アーヴィン家に復讐したいって――そうは思わないの？」

僕が思い出したのは、アルバスの昏《くら》い瞳だ。気が付けばティアとリナリーも、僕のことを真剣な顔で見ていた。……そんなこと、考える間でもないのに。

「思わないよ。あの人たちはもう赤の他人だし。……今さらそんなことしても、全然、楽しくなさそうじゃん」

「どうして？」

「もう興味もないんだ。そんなことより、旅を続けた方が遥かに楽しいもん」

過去、アルバスがどんな目に遭ったのかは分からない。

だからその生き方を否定することも、肯定することもできない。それでもアルバスの語る未来には、ちっともワクワクしなかった。それならリーシャの願いを継ぐためにも、僕はバグと戦うことを選ぼう。

その方がきっと楽しい。理由なんて、それだけで十分だ。

「ふふ、なんだかアレスらしい理由ね」

「ええ……。なんでそんな顔するの？　ティアだって似たようなもんだよね」

僕の言葉に、ティアは呆れたように笑った。

「リーシャだって、そうじゃない？　自分の生き方を否定して、バグを利用して生きることを選んだアルバスに復讐したい？　違うよね。リーシャはきっと――」

「……最期の時。私とアルバスは、ある国を呑み込もうとするバグを倒そうとしてたんだ」

ぽつりぽつりと語るリーシャ。

それは前世の最期の記憶。さぞかし恐ろしい光景だったのだろう。

「別に無理して話さなくても……」

「ううん。私のこと――お兄ちゃんには、知っておいて欲しいんだ」

それはデバッガーとバグの戦いの決着の一つ。

「国ごと呑み込もうとするバグは、ほんとうに強大だった。あの時の私とアルバスじゃ、到底抗えない。私は最期までバグを拒んだ。デバッガーの役割に殉《じゅん》じて――消された。だけどアルバスは、バグを取り込むことを選んだんだ。その理由はきっと私のことを――」

「リーシャ、ごめん。辛《つら》いことを話させてしまって……」

「どうしてお兄ちゃんが謝るの？　私が勝手に話しただけだよ」

リーシャは少しだけ言葉を止めると、

「師匠は最期まで、私を救おうとしてた。あの場面ではああするしかなかったって、私だって分かってる。だから私は、師匠を――アルバスを止めたい」

強い決意と共に、リーシャはそう言った。

「うん。絶対に止めよう」

僕は力強く頷き返す。

「リーシャ。そこでお姉ちゃんをハブるのは、良くないわよ」

「え？　だって、こんな危ないこと、ティアお姉ちゃんを巻き込む訳には……」

あれ、どこかで見たようなやり取りだね。

ティアが目を半眼にして、僕とリーシャを交互に見た。

「リーシャまで、そんなことを言うのね！　やっぱりアレスと似た者同士なのかしら？」

「いだだだ!? ティアお姉ちゃん、いひなり何するの！」

ティアは「えいやっ」と、リーシャの頬をひねった。ぴよーんと伸びるリーシャの頬。リーシャは涙目で「わー、わー」と両手を振り回す。

そんな子どもらしい仕草を見て、緊張した空気が一瞬で緩んでいった。

「そんな余計な遠慮を覚えちゃって！　妹は妹らしく、素直に助けてって言えばいいのよ！」

「ティア、お姉ちゃん？」

「……ただ待ってるだけってのは、一番嫌なのよ。まあいいわ。嫌だって言われても、勝手に付いていくからね！」

「リーシャ、諦めた方がいい。なんせティアは、すっごくわがままだからね」

ティアらしい物言いに、僕は苦笑する。

「わ、私も！　少しでもアレス様のお力になれるなら、是非とも協力させて下さい！」

ティアは、実にティアらしい物言いで。リナリーは、ただ真摯な思いを貫くように。

僕たちは、大災厄に立ち向かうことを誓い合う。

「じゃあ、リーシャ。パーティ全員で大災厄に立ち向かおうって決まったところで。早速『大災厄』について詳しい説明を――」

「それが女神様から大災厄だけは避けないといけない、って言われてたんだけど、それがなんなのかはサッパリ分からないの」

静まり返る室内。

――大災厄に立ち向かうための話し合いは、もう少しだけ続きそうであった。

「う〜ん。大災厄ってなんなんだろうね？」

「バグを利用して起こす現象かしら？　ろくでもないものなのは、間違いないでしょうけど」

僕とティアは、顔を見合わせる。

「参ったね。まずはあいつを見つけないと、話にならないか……」

「ううん、アルバスはお兄ちゃんに挑んでくるよ」

「どうしてそう思うの？」

「アルバスは、お兄ちゃんに宣戦布告した。きっとお兄ちゃんと正面からぶつかることを、選ぶと思うんだ。だから大災厄は、お兄ちゃんの目の前で起こると思う」

だから止めるチャンスは絶対にある、とリーシャは確信に満ちた様子で呟いた。

「これからどうするべきかな？　正体も分からないし、備えようもないよね」

「そうよね。そんな大規模な事態、私たちだけで挑むのは無理があるもの。まずは何が起きてもいいように戦力を集めないと」

考え込むように腕を組み、ティアはそう呟いた。その言葉は正論ではあるが、

「そう言われても、僕たちが声をかけられる人なんて……」

今の僕は、アーヴィン家の跡取りではない。ただの冒険者だ。

大災厄に挑める戦力を集めるための心当たりなんて、あるはずもなかった。

「困ったね。こんな荒唐無稽な話、とても信じてもらえるとは思えないし」

「今さら何言ってるのよ。あなたは自分が思ってるより、ずっと信頼されてるわ。そうね、明日は

朝一で冒険者ギルドに向かいましょう」

自信のない僕とは対照的に、ティアは晴れやかな笑みを浮かべた。

◆◇◆◇◆

翌日、僕たちは受付嬢のアリスさんにクエストを報告していた。

「お疲れ様です、アレスさん。Sランクダンジョンの探索依頼の調子はどうですか？」

「安心して下さい。今では、すっかり元通りです」

「はあ!?　たったの一日で解決してしまったんですか!?」

予想もしていなかったとアリスさんは目を丸くする。しかし浮かない顔をしている僕たちを見て、表情を改めた。

「信じがたい話かもしれませんが……」

そうして僕は切り出した。

ダンジョンの最奥部に、Sランクダンジョンを生み出した人間が居たこと。次は大災厄という未知の危機が訪れるであろうことを。

「あいつが口にした大災厄というのが、なんなのか分かりません。それでも僕たちだけで、手に負えるものだとは思えないんです」

「なんと……。ダンジョンの最奥部で、そんなことが……」

アリスさんは考え込むように言うと、

「私の手には余りますね。少々お待ち下さい、ギルドマスターに相談します」

「え？　こんな話、信じてくれるんですか？」

「当たり前じゃないですか！」

食い気味に返してくるアリスさん。

「私たちのギルドが、どれだけアレスさんたちに助けられたことか。アレスさんたちのすごさは、嫌というほど知っています。そんなアレスさんたちの手に余るというのなら、それはもう世界中の冒険者が一丸となって立ち向かうべき事態です!!」

そんな大げさすぎる評価と共に、僕たちはギルドマスターの執務室に案内された。


通されたのは、赤い絨毯《じゅうたん》の敷かれた立派な部屋だ。

多忙なギルドマスターだったが、緊急事態ということで優先して時間を作ってくれたらしい。恐縮する僕たちを余所に、アリスさんとギルドマスターは話を進めていく。

「実は――――（ごにょごにょ）」

「なんだと!?　あのアレスさんたちでも、手に負えない未知の災厄が訪れるのか……」

なんかギルドマスターにまで、名前を認識されてる!?

その事実に驚く暇もないほどに、ギルドマスターの判断は早かった。

「分かった、すぐに全国の支部に呼びかけよう。各都市の冒険者ギルドから、精鋭を派遣してもらうことにしよう」

即座に伝令役を呼び出し、ギルドマスターはテキパキ指示を出す。

「今すぐ緊急クエストを発令しよう。腕に覚えのある者は強制参加。何が起きても対応できるように、幅広い戦力を集める必要があるな」

「大勢の冒険者が集まりますね。指揮を執る者も必要です」

一人で悩んでいたら、途方に暮れていたところだ。しかしギルドマスターたちの口からは、大災厄という未知の現象に挑むための方策が、続々と飛び出してきた。

どうやって説得しようかと悩んでいたのが嘘のように、みるみるうちに話が進んでいく。

「ありがとうございます。まさか信じて頂けるとは」

「これまでのアレスさんたちの功績を考えれば当たり前です！」

「そうだとも。我がギルドを信じて知らせてくれたことに、心から感謝する」

深々と頭を下げるギルドマスター。

「や、やめて下さい。冒険者として当たり前のことをしたまでです」

「だから言ったじゃない。アレスは自分で思ってるより、ずっと信頼されてるって」

「流石お兄ちゃん！」

そうして僕たちは、ギルドから全面的な約束を取り付けることに成功した。

【SIDE: ゴーマン】
「俺は、なんだってこんなところに居るんだ？」
俺――ゴーマンは、見慣れぬ森の中で目を覚ました。
どうしてこんな場所に居るのか、徐々に記憶が蘇り――、

「くそっ、アレスの野郎。よりにもよって、ズルで俺を倒しただと！」

すべてを思い出した。俺に怪しげな力を授けた胡散臭《うさんくさ》い少年。その少年が言うには、アレスはズルをして決闘で俺を倒したらしい。

「そうだよな。そうでもなければ超レアスキルを手にした俺が、あんな奴に負けるはずがねえ！」

あの日、俺はすべてを手に入れた。

これまでの立場はすべてひっくり返り、ここからは俺を中心に世界は回っていくのだ。

「なるほど、世界への干渉！　そういうことか！」

そんなことがどうでも良くなるほどの衝撃に、俺は襲われていた。

突如、頭に膨大な情報が流れ込んできたのだ。あの少年から渡された黒球の影響だろう。

「これでさらなる力を引き出せる！　虚空・天破！」

俺がイメージしたのは、決闘の最後でアレスが放った神々しい一撃だ。しかし俺の声に応えて現れたのは、すべてを呑み込まんとするドス黒いレーザー光だった。

武器から射出されたそれは、禍々しい輝きを放ち周囲の木々を薙ぎ払った。

「ふっはっは。圧倒的な力じゃないか！」

思っていたのとは違うが、まあいいだろう。

こっちの方がアレスの奴より遥かに強そうだ。

「くっくっくっ。どこの誰だか知らないが、感謝するぜ！　こいつは素晴らしい力だ！」

色々な知識が、頭の中に流れ込んでくる。

この力は、どう扱うべきものか。どうすればアレスを殺せるか。

――何をすれば、世界を壊せるのか。

「くそっ、アレスの野郎。よくも俺に恥をかかせやがったな。今度こそ負けねえ！　殺す、殺す!!

絶対に殺してやるぞ！」

もしゴーマンを近くで見ている者が居れば、尋常でない様子に悲鳴を上げたことだろう。目を血走らせ、ギョロリと目を動かす――明らかに正気を失っていた。

そうしてゴーマンは歩き出す。

目指す場所は闘技場。アレスに決闘を申し込み、こっぴどく負かされた場所であった。

「さーて、やっぱり暴走したか。バグを取り込んだ人間なんて、大半がそんなもんだよね。せいぜい楽しく踊ってくれよ？」

そんな様子を見ていた者が居た。

無邪気に笑う少年の名はアルバス。ゴーマンに力を授けた張本人である。

「実の兄弟が殺し合う姿――大災厄イベントの始まりに相応しい余興《よきょう》だ。実に楽しみだね」

大災厄の仕掛けは、すべて終わっている。残るは最後のトリガーとなるイベントだけだ。

アルバスは上機嫌に鼻歌を口ずさみ、今後に思いを馳せるのだった。


【SIDE: アレス】

緊急クエストが発令されて数日後。

冒険者ギルドには、着々と近隣の街から冒険者たちが集まってきていた。

すべては大災厄と呼ばれる現象に立ち向かうため。結局、冒険者ギルドでは正体を予測することはできなかったそうだ。ＳＳＳ級モンスターや、超大規模なＡ級以上のモンスターの大群を想定して、準備を進めているらしい。

回復薬の備蓄や、装備品の底上げなどが順次進められていた。

「僕にも、何か手伝えることはありますか？」

「アレスさんには、かなりの数のアイテムを用意して頂きました。大災厄を止める切り札になるのは、アレスさんの力です。少しでも休んで、英気を養って頂ければ……」

「そうは言われても、先輩の冒険者が働いてるのに……。落ち着かないよ」

「アレスらしいわね」

そんなやり取りをしていると、近くに居たティアがクスリと笑った。

「私たちに、集まった冒険者たちの指揮を執ることができる？」

「それは……。無理だね」

「こういう大規模な作戦では、集まった人がそれぞれの役割をこなすことが大切なの。変に出しゃばっても、かえって混乱させるだけよ。出番が来るまでは、ドンと構えておけばいいのよ」

「そういうものなのかな？」

「おっしゃる通りです」

ティアの言葉に頷くアリスさん。

幼い頃から冒険者に交じって、クエストをこなしてきたティアの言葉。そこには不思議な説得力があった。

それはなんの前触れもなく、突然のことだった。

感じ取ったのは、デバッガーの本能だろうか。

何か異質なものが、僕たちに接触しようとしている気配。背筋に走る寒気に突き動かされるように、僕は即座にスキルを起動した。

『デバッグ・コンソール！』

「お兄ちゃん？」

「リーシャ、みんな、離れて！　何かおかしい！」

僕にしか見えない文字の羅列が、ふよふよと周囲を漂い始める。


『null null null null null』

『null null null null null』


いつぞや見た黒い染み。

間違いない。あれは世界を滅ぼすバグの一種だ。とっさに消そうとする僕に、

「おいおい、あいさつだなあ。いきなりそれはないだろう？」

「な！　ゴーマン!?」

その黒い染みの中から、ぬうっとゴーマンの顔が現れる。

「きっひっひっひ、アレスぅ！　俺はこの通り、世界を思うままに操る力を得た。今度こそ、おま

えには負けねえ！」

「ゴーマン、落ち着いて。どこでそんな力を？」

「はっはっは！　俺がこの力を手に入れたと知って驚いたのか？　親切な人が、俺にこの力を授けてくれたのさ。世界を思うままに操る力をな！」

「ゴーマン、それは世界を思うがままに操る力なんかじゃない。世界を滅ぼすための力だ。君は、体よく利用されてるだけだよ！」

僕の言葉は、なんらゴーマンには届かない。

「黙れ!!　俺は世界に選ばれたんだ。俺がおまえに負けるなんて、やっぱりおかしかったんだ！」

「お兄ちゃん。ゴーマンはバグに呑まれてる。恐らくはもう――」

リーシャが黙って首を振った。

一方的にまくし立てるゴーマンは、すでに正気を失っているようだ。

これもリーシャの師匠であるアルバスの仕業なのだろうか？　いったいなんのため？

「アレス・アーヴィン。すべての決着を付けようじゃないか。闘技場で決闘だ！　もし来なかったら、この力を使って――分かってるよな？」

「分かったよ。デバッガーとして、兄として――君を放っておく訳にはいかない。決着を付けよう。その代わり約束して欲しい。それまで、その力を無闇《むやみ》に振るわないと」

「はんっ、最後までいい子ちゃんぶりやがって。ああ、いい。俺はおまえを叩きつぶせるなら、それだけで十分だ！」

僕の言葉に満足したのか、ゴーマンは獰猛な笑みを浮かべながら顔を引っ込めた。ゴーマンが消えるのと同時に、この空間に存在したバグも一緒に霧散《むさん》する。

僕がため息をつくと同時に、ティアとリナリーが駆け寄ってきた。

「アレス、さっきの話は本当なの!?」

「うん、信じたくはないけど。どうやらゴーマンは、バグをある程度は使いこなしてるみたい」

「アレスに負けたからって、バグを使って復讐しようとするなんて！　完全な逆恨みじゃない！」

「アレス様、ティア様。あの方はとても執念深《しゅうねんぶか》いです。どうかお気を付けて……」

その後、僕は冒険者ギルドに闘技場付近の人払いを頼んだ。バグの危険性に気付いていないゴーマンは、あまりに危険だからだ。

「アレス、まさか私を置いていくなんて言わないわよね？」

「お兄ちゃん、私も行くよ。黒幕は間違いなくアルバス。大災厄が関係しているのかもしれない」

「わ、私も！　私だけお留守番なんて、絶対に嫌ですからね！」

「うん、分かってる。もちろんだよ」

今になって止める気なんて、もちろんなかった。

そうして僕たちは、ゴーマンに指定された闘技場に向かうのだった。

◆◇◆◇◆

闘技場は人払いがされており、ほとんど無人であった。

恐ろしい力を振るう危険人物が居ると、ギルドから連絡があったらしい。すでに避難は済んでおり、出入りは固く禁止されていた。

事情を説明して、僕は闘技場の中に入る。

「うっひっひ。よくぞ来たな、アレスぅ！」

闘技場に入ると、ゴーマンが嬉しそうに僕を見た。

無人の闘技場に一人たたずむゴーマン。その瞳に、すでに理性の色はない。

「分かったよ、始めよう」

バグを取り込んだゴーマンに、もう言葉は届かない。

あいさつ代わりとばかりにゴーマンが、【極・神剣使い】の技を使う。

「虚空・天破！　……ひっひっひ！　どうだ、アレス！　これが、これが俺の新しい力だ‼」

射出されるは禍々しい黒のレーザー。これは以前の決闘で、僕が最後に見せた技だ。

神剣使いのスキルの可能性を、ゴーマンに見せたかった。今からでも修行すれば、その先にはこんな可能性があると教えたかった。

――こんな形で、使えるようになっても意味なんてないのに。

「どうしたアレス！　俺がこの技を使えるようになって、驚いて声も出ないのか⁉」

ギリっと唇を噛む僕に、ゴーマンが嬉々《きき》として声を上げる。

「虚空・天破！　そんなものじゃ、僕は倒せないよ！」

僕も同じ技を使った。

白と黒の剣閃がぶつかり合い、互いを呑み込まんとせめぎ合う。

ゴーマンの憎悪が、僕の剣を浸食しようとしてくる。

たしかにゴーマンの放つ技は脅威ではあった。それでも所詮は、バグの力を中途半端に使って、本来使えなかった技を申し訳程度に再現したに過ぎない。

せめぎ合っていた二つの光は、徐々にゴーマンが押され始め――、

「ば、馬鹿な！　同じ力を使っているなら、俺が負けるはずが――！」

「ゴーマンのそれと、僕のスキルは別物だよ。そんなものに頼らないで、【極・神剣使い】のスキルを極めて欲しかった……」

「くそっ！　くそっ――！」

ついには白い刃が、ゴーマンを呑み込もうとする。

高レベルの神剣使いの技だ。レベル差もある今、直撃すれば死は免《まぬが》れないだろう。

――僕はギリギリのタイミングで、技を解除した。

「殺せよ」

地に倒れたゴーマンが言う。

技の解除が間に合ったのか、バグがゴーマンを守ったのか。

ボロボロになりながらも、ゴーマンは生きていた。

「分かってたさ。俺なんかじゃ逆立ちしても、本当はアニキに勝てないってことは」

「そんなことを思ってたの？」

俺には修行の必要などないとふんぞり返っていたゴーマン。

しかしぽつりぽつりと語られるそれは、紛れもないゴーマンの本音だった。

「何をしても、おまえの背中は常に俺の先にあった。ははっ、馬鹿だよな。ちょっといいスキルを貰ったからって。これで逆転できるって、本当にそう信じちまったんだぜ」

自嘲するような口調とは裏腹に、ゴーマンの表情は晴れやかだった。

「俺が何かやばいものに利用されていることは分かってる。生き恥をさらすぐらいなら死んだ方がマシだ。アレス、俺を殺せよ」

「嫌だね」

デバッガーの役割は、バグを倒すことだ。

断じてバグに呑みこまれつつある人間を、殺すことではない。

『デバッグ・コンソール！』

この世はすべて、数字と文字列で構成されている。

僕はゴーマンの周囲を観察する。


『null null null null null null』

『null null null null null null』


それはいつもの黒い染み。

それが世界を滅ぼそうとするバグだ。

一度は自らを受け入れたゴーマンが、今になって拒むことを抗議するように、ゴーマンの周囲を狂ったように舞っている。

僕はその空間を修復していく。

あるべき姿は、とっくに分かっていた。

「す、すごい――！」

リーシャが息を呑むのが聞こえた。

やがて僕は、ゴーマンを呑み込もうとしていたバグを、すべて駆逐することに成功する。

「アレス、ふざけんな！　どうして、俺を助けやがった！」

「どうしてだろうね……」

ガバっと起き上がり、ゴーマンは僕に詰め寄った。

「俺に期待してる者なんて、もう誰も居ねえ！　アーヴィン家の跡取りは、どうせおまえだ。俺にはもう、何も残されてない。なのに！　なのに、おまえは！」

「それは勘弁《かんべん》。今さらアーヴィン家に戻るつもりはないよ」

「な――!?」

ゴーマンは、ぽかーんと口を開いた。

「それに師匠は、絶対に最後まで君のことを見捨てないよ。期待してる人が居ない？　そんなの最初は誰だってそうだよ。これから見返せばいいんだよ」

「おまえは最後まで、そんなきれいごとを――」

毒気を抜かれたように、ゴーマンが呟いた。

たしかにきれいごとかもしれない。僕が円満に冒険者を続けるために、そうなるといいなという身勝手な願いでもある。だとしても、僕はゴーマンには生きていて欲しかった。

このまま終わるなんて、あまりに後味が悪すぎるから。

「なあ。アニキは本当に――」

ゴーマンが、さらに何かを呟こうとした時、

――パチパチパチ
「いやあ。実につまらない幕引きだね」

どこか馬鹿にするような拍手の音が響き渡った。

「面白いものが見られるかと、期待してたんだけどね。これはいったいどうして、こんなことになったんだろうね。実に不愉快だよ」

手を叩きながら、突如として誰かがゴーマンの傍に現れた。

深く被ったフードで顔を隠した少年――アルバスだ。

「てめえ！　よくも俺に、ろくでもない力を渡してくれたな!!」

「ゴーマン・アーヴィン。君にはがっかりだよ。来るべき大災厄に向けて、きちんと役割を果たして欲しかったんだけどね？」

掴みかかろうとするゴーマンを、アルバスはヒョイっと躱《かわ》した。

「な――大災厄！」

『イベントコード実行：0x405 大災厄イベント発動！』

空間が変容した。

アルバスが、なんらかのトリガーを引いたのだ。

世界の法則が歪む感覚。何か取り返しの付かないことが起きそうな気配。

「大災厄イベントの前座となるイベント——失われた兄弟の絆《きずな》。結局は不発だったけど、まあいいさ。不完全ではあるけど、これでも大災厄イベントは起こせるからね」

「な——!?　アルバス、まさかゴーマンをお兄ちゃんに差し向けたのは……」

「ああ、そうだよ。心優しい兄が、実の弟を殺す悲劇——大災厄の前座イベントを、擬似的《ぎじてき》に起こそうとしたんだ。一連のイベントを全部起こすのは、いくら僕でも不可能だからね」

「そ、そんなことのために——！」

怒りに満ちた目を向けるリーシャに、悪びれもせずアルバスは飄々《ひょうひょう》と答えた。

闘技場のど真ん中に、突如として巨大な魔法陣が現れた。

禍々しく発光するそれは、強大な魔力を放ち、

「嘘、でしょ？　あれは……ドラゴン!?」

どす黒い闇のオーラをまとう漆黒のドラゴンが空中に現れた。

巨大なかぎ爪と、巨体を浮かせるに足る頑強な翼。見る者に原初的な恐怖を抱かせる凶悪な姿。

——かくして大災厄が訪れる。

六章　決戦、大災厄

「暗黒竜バハムート——不完全な状態での復活だけど、この町を消し飛ばすぐらいなら訳ないね」

脅威はドラゴンだけではない。

その咆哮と呼応するように、闘技場の中には大量のアンデッドが発生していた。アンデッドの集団は、そのまま闘技場の外にある街に向かって動き出す。

「こ、これが大災厄!?」

「そうだよ。かつて現れたバハムートは、暴虐《ぼうぎゃく》の限りを尽くして国を一つ滅ぼした。その土地に残された怨念《おんねん》が大量のアンデッドを生み、引きずり込もうと生者に襲いかかる——それが大災厄イベントさ。この街はじきに、アンデッドの大群に襲われる。……止められるものなら、止めてみるがいいさ」

アルバスは、そう言って笑った。

世界を守るはずの初代デバッガーが望んだ世界の破滅。

ティバレーの街の周辺には、大量のアンデッドが発生していた。生み出されたアンデッドたちは、街を滅ぼさんと一斉にティバレーの街を目指して動き出す。

「アルバス！　どうして、こんなことを!?」

「リーシャこそ、どうしてこんな世界を守りたいと願うんだい。こんな世界、滅んでしまえばいい。ずっとそう思っていたよ」

悲鳴のような声を上げるリーシャ。

それに答えるアルバスの瞳は、どこまでも淀《よど》んでいた。

「やれ、バハムート。この場に居る人間を皆殺しにしろ！」

アルバスの声を受けて、バハムートは咆哮と共に凶悪なブレスを放った。

直撃すれば、一瞬でパーティが全滅しそうな禍々しいブレスであったが、

「エンチャント・アイスバリア！」

「――ッ！　アイシクルガード！」

それはとっさの判断。

僕が支援効果を付与すると同時に、ティアが前に出て特大のシールドを展開した。

「ティア、すごいよ！　ドラゴンのブレス、防げてる！」

「アレスの支援のおかげね！　でもあのブレスは、ヤバい。長くは持たないわよ！」

ガリガリ削られる氷の盾。

辛《かろ》うじて防ぎ切ったものの、ティアの負担はあまりに大きい。

ちっぽけな人間ごとき、あっさり蹴散らせると思っていたのだろう。バハムートは苛立ったように、巨大な翼を羽ばたかせた。

突如として巻き起こった突風は、アルバスが深く被ったフードを吹き飛ばして――、

「――ッ！」

「人間とモンスターのハーフ！」

ティアが隣で、驚きに息を呑む。

アルバスの額には、角が生えていた。それは到底、人間が持ち得るものではない。

「そんな、バケモノを見るような目で見ないでよ。人間と鬼族のハーフなんて、別に世界全体で見れば、珍しくもなんともないだろう」

そんな驚愕を見て、アルバスは面白くもなさそうに笑う。

モンスターとの戦争状態にある今、その特徴を有したものが、どのような扱いをされるか想像に難くない。

「アルバス。君は……」

「安っぽい同情は要らないよ。結果的に僕は世界に選ばれて、こうして力を手に入れたんだから」

「アルバス、あなたはそんなことを望む人じゃなかった。私は前世で、あなたから色々なことを教わった。だから、だから――」

「今さらやめろとでも？　冗談じゃない。こんな楽しいこと、どうして止められるんだい？」

アルバスは再度、バハムートに何やら指示を出した。

「止めれるもんなら、止めてみなよ」

そうして挑むように浮かべた笑みは、凄惨《せいさん》の一言。

大災厄を引き起こす凶悪なモンスターを、完全に支配下に置いているようだ。相手の使役《しえき》するドラゴンに対して、こちらの戦力はあまりにも小さい。それでも、

「お願い!!　お兄ちゃん、お姉ちゃん！　どうかアルバスを止めて！」

悲痛なリーシャの叫び。そんな叫びを聞いて、

「任せておきなさい！」

「望むところだよ」

ここで引けるはずがない。

ティアと視線が絡み合う。互いに力強く頷き合う。

――こんなところでは終われない。

◆◇◆◇◆

一方、冒険者ギルド。

「アリスさん。北門にアンデッドの群れが現れたと、門番から報告が上がっています！」

「そんな！　この街、完全にアンデッドに囲まれてるじゃない！」

次々と飛び込んでくる報告を前に、受付嬢のアリスは頭を抱えていた。

ただならぬ様子で出ていったアレスを見て、嫌な予感はしていたのだ。

「よりにもよってアンデッドの群れなんて……」

考えうる限り、最悪の事態だった。

アンデッドの相手は、浄化という専門スキルを持つ者が請け負うことが多い。浄化スキル以外の攻撃では、突いても斬っても倒すことができないからだ。

しかしティバレーの街に集まった冒険者の中に、浄化スキルを持つ者は数えるほどしか居ない。

倒し切れずに消耗戦になることは、目に見えていた。

「アリスさん、闘技場に巨大なドラゴンが現れたそうです。どうしますか⁉」

「ドラゴンですって⁉」

追い打ちをかけるように、そんな情報まで飛び込んでくる。ドラゴンとは、魔界の奥深くに眠っているはずの強大なモンスターだ。抗うことなど許されない絶対的な強者。

そいつが大災厄を率いているのだろう。

「街中で暴れられたらおしまいです。すぐにでも主力部隊を闘技場の方に！　でもそんなことをしたら、アンデッドへの守りが……」

もたらされた情報を前に、普段は冷静なアリスもパニックに陥りそうになる。

「ええい。皆の者、落ち着かんか！」

混沌《こんとん》とした冒険者ギルドで、ギルドマスターが声を張り上げた。

その頼れる勇姿を前に、わずかに騒ぎが収まった。

「戦力を分散するのは得策ではない。我々はなんとしてでも、アンデッドの侵入を防ぐ！」

「で、ではドラゴンは？」

「幸い闘技場には、アレスさんたちが向かっている。ここは彼らに託すことにしよう――我々はなんとしてでも、アンデッドからこの街を守り抜くぞ！」

気合を入れるように一喝するギルドマスター。

「聞いての通りだ！　我々の役割は、街をアンデッドの群れから守り抜くことだ！」

次いで声を上げたのは、アレスたちと行動を共にすることが多かったロレーヌだ。

「で、でも。いくらアレスさんたちでも、ドラゴンの相手なんて――」

「アレスさんたちの強さは、皆も知っての通りだ。アレスさんたちなら、きっと大丈夫。我々の役割は、アンデッドから街を守ることだ。そこだけに注力するぞ！」

アレスのことを信じ切ったロレーヌの発言。

街でも有数のパーティの言葉は、じんわりと冒険者の心に染み渡っていく。

ティバレーの街を囲むように現れたアンデッドの集団。もし何も準備できていなければ、瞬く間に数の暴力で押し切られてしまったことだろう。しかしアレスの言葉により、ティバレーの街には歴戦の冒険者たちが集まっていた。

「北門の群れは、多数のアンデッドナイトを含む混成部隊だ。こちらの余剰戦力を投入したいのだが、問題はないか？」

「ああ、問題ない。こういう状況でのロレーヌの判断は信じられる」

「ここが踏ん張りどころですね。分かりました！」

このような緊急事態でも、冷静な指揮者たち。

その様子を見てギルドに控えていた者たちも、ようやく戦意を取り戻していく。

続々とそれぞれの担当箇所に向かっていく。

「ありがとうございます、ギルマス。それにロレーヌさんも……」

冒険者たちが戦いに向かった後、アリスはロレーヌに礼を言う。

「実際、戦況をどう見ますか？」

「アンデッドというのが厄介だな。決め手に欠ける以上、どうしてもジリ貧になる」

「その割には、落ち着いてますね？」

「ああ、アレスさんたちがどうにかしてくれると信じてるからな」

改めてロレーヌは、街はずれにある闘技場の方を見た。

そこに居るのは、大災厄の本体であろうドラゴン。

「さて、私たちは私たちでできることをやらないとだな」

アンデッドの集団から街を守ることが、課せられた使命だ。

祈るように目を閉じていたが、やがてロレーヌたちも静かに戦場に向かうのだった。

◆◇◆◇◆

【SIDE: アレス】

アルバスの指示を受けて、バハムートは殺意に満ちた目でこちらを見てきた。

世界に破滅をもたらす大災厄の象徴とも言えるモンスターだ。

まずは情報を探らなければならない。

【コード】ユニットデータ閲覧
名称：暗黒竜バハムート（LV？？？）
HP：3432／3432
MP：119／119
属性：

状態異常↓不完全
▲基本情報▼

ＨＰは四桁前半。ダンジョン奥地で戦った邪神より、だいぶ低いステータスだ。

それでもかなりの脅威であることには違いないが……。

「状態異常、不完全？　思ってたよりステータスも低いみたいだね」

「強引に復活させたせいで、不完全な状態で目覚めたみたいだね」

リーシャが、考え込みながらそう答えた。

「あれで不完全だって言うの？」

とは言ってもドラゴンには違いない。

実際にブレスを受けたティアは、信じられないとばかりに目を見開いた。

『デバッグ・コンソール！』

目の前にはアルバスの操る黒い染みのような黒球――バグが漂っている。

「ステータスを書き換える。攻撃力と防御力を０に！」

僕はバハムートを一気に弱体化させようとする。

この世の法則すら歪めるチート・デバッガーの最終奥義《さいしゅうおうぎ》であったが、

「そんなこと、させると思うのかい？」

弾かれる。そう、世界に干渉できる者は、この場にもう一人居るのだ。

「アルバスッ！」

「さ〜て、どうするんだい？　もたもたしてる暇はないよ。バハムートはもうじき、完全に目覚めるんだからね」

僕のコードを防ぎながら、アルバスは悠然と微笑む。

そしてアルバスは、バハムートにさらなる干渉を試みた。目指しているのはバハムートの完全復活だ。それが成った時、すべては終わる。

「させるか！」

「ふ〜ん、デバッガーの力は、やっぱり互角みたいだね。でもこの状況で、果たして僕とバハムートの両方を相手取れるかな？」

アルバスの言う通りだった。

今の僕の力では、世界に干渉するアルバスを防ぐので精一杯。到底、バハムートの相手などできるはずがない。

そんな硬直状態を破るように、凛とした声が響く。

「アレス。あれの相手は私がやるわ」

「ティア、何を馬鹿なことを？」

「それしかないでしょう？　アレスは余計なこと気にせず、あんな奴、さっさとぶっ飛ばしちゃいなさい！」

ティアは真っ直ぐに凶悪なドラゴンを見据える。

考えるまでもない。無茶だ。

大切なパートナーを、みすみす死に追いやるようなものだ。だと言うのに頭の冷静な部分が、それしか道はないとささやく。

「ごめん、ティア。すぐに決着を付けてくるから」

「こっちのことは気にしないで。こういう時のために、私はアレスに付いてきたんだから」

「でも……」

「それなら——任せたって見送って。それだけできっと、いくらでも頑張れるから」

そう言ってティアは、気丈に笑ってみせた。

「ありがとう。ティア——あいつの相手は任せた」

「ええ、任されたわ」

ティアは強い。

あんな不完全なドラゴン程度に、やられるはずがないじゃないか。

ならば僕の役割は、ティアの無事を信じて全身全霊《ぜんしんぜんれい》でアルバスを倒すことだ。

「アルバス、何がなんでも君を止めるよ」

「あら、薄情だねえ。婚約者を囮にするのかい？」

「ティアなら大丈夫。信じるって決めたから」

僕は自らに、【極・神剣使い】をセットした。

お互いに同じ力を持つ以上、チート・デバッガーのスキルは決定打にはなり得ない。

最終的にはこの世界の法則の中で、決着を付ける必要がある。

「はあああああ！」

僕は一気に距離を詰め、アルバスに飛びかかった。

神剣使いの名に恥じない鋭い一撃。しかしアルバスは、素早くバックステップで躱し、

「ダーク・プリズン！」

いきなり無詠唱で魔法を放ってきた。

僕の周りを覆うように、闇の魔力で作られた牢獄《ろうごく》が現れる。範囲内の敵を閉じ込め、ダメージを与える上位の闇魔法だ。

「こんなもの——虚空・烈斬！」

無我夢中だった。僕は剣に魔力をまとわせ、再び剣を振るった。

僕を封じ込めようとした闇の牢獄は、一太刀のもとに無に帰すことになった。

「な——馬鹿な。剣を振るっただけで魔法をかき消しただと⁉」

「大したことはしてないよ。魔力をまとわせた剣技で、魔法を斬っただけだ」

僕はアーヴィン家での修行を思い出す。

剣の達人は、闘気をまとわせた剣の一振りで魔法をかき消すと言われている。師匠が見せてくれたそれは、強烈な印象と共に心に残っている。

もちろん僕のような駆け出しに、そのような真似はできない。けどでも剣を魔力でコーティングしてしまえば、似たことは可能なのだ。

「その剣術は少しばかり厄介だね」

「初代デバッガーに褒めてもらえるとはね。光栄だよ」

「ふん。そんな力は、バグとの戦いにはなんの役にも立たないんだけどね。【コード】武器・所持

数増減。その目障りな剣を消し去れっ！」

　不意打ちのように、アルバスが叫んだ。

「【コード】アクセス拒否！　剣を守れ‼」

　手にした剣を守るため、とっさに意識を集中する僕。

　アルバスのコードが、剣を消し去ろうと干渉してきている。互いに世界を塗り替えようと試みて、最終的に僕は剣を守り抜いた。

「へえ、なかなかいい反応をするじゃないか？」

「それはどうも」

　お返しとばかりに、僕は不意打ちで魔法を放つ。

「ファイアボール！」

　アルバスに向かって、火炎弾が一気に押し寄せる。

　しかしアルバスはひと睨みするだけで、それをかき消した。

　――魔法無効化？　あれもチート・デバッガーの能力だろうか？

　僕の知らない能力だ。だとしても問題ない。あれは目くらましに過ぎないのだから。

「虚空・烈斬！」

　――そう、本命はこっち！

　一気に距離を詰めて、再び斬撃を加える。

　しかしギリギリのところで、またしてもふわりと躱される。

「デバッガーの能力に頼り切ることなく、剣と魔法を組み合わせた独特の戦い方を極めてる。いい腕だね」

「よく言うよ。楽々と躱しておいて」

「これは本音だよ。惜しいなあ――ねえ、アレス。やっぱり、僕の仲間にならないかい？　君なら、もっとチート・デバッガーの能力を使いこなせる。君と僕が手を組めば、世界だって手に入れられるよ」

「世界を手に入れる？　そんなことに興味はないよ。僕はこのパーティで旅が続けられれば、それでいいんだ」

今だって僕を信じて、ティアが向こうで戦っているのだ。

一刻も早くアルバスを倒して、加勢しなければならない。

「そうかい。それなら残念だけど――ここで死んでもらうしかないね」

本当に残念そうに言うアルバス。

そうしてアルバスは、雰囲気を一変させた。


【SIDE: ティア】

「私の役目は、こいつの足止めか。どうしたものかしら……」

バハムートは私――ティアにターゲットを合わせたようだった。

自分の役割を思えば、それは好ましいところだった。しかし生物としての本能が、目の前のドラゴンを恐れていた。

アレスは、アルバスと戦い始めたばかりだ。当分の間、アレスの加勢は望めない。

「……違うでしょう！」

こんな時までアレスに頼り切ってしまうなんて。

私は鼓舞するように声を出し、弱気な考えを振り払う。格上との戦いで、気持ちで負けたらおしまいだ。

「そうよ。これはようやく訪れた隣に立って戦えるチャンスなんだから」

手にしたレイピアを握りしめ、私は小声で呟く。

普段からさり気なく、アレスが私のことを気にかけていたのは知っている。悔しいけれども今の私は、守るべき対象の域を抜け出せていないのだ。

アレスの静止を振り切って、無理に旅に付いていこうとしているのだ。いずれはアレスの隣に立ち、夢を叶えるのを手伝うのだ。

――ここで役に立てなくて、何が隣に立ちたいだ。

「はあああああ！」

遠距離戦ではブレスのあるドラゴンが有利。私は、一か八か接近戦を挑むことにした。

「いける！」

トップスピードで駆け抜ける。

大ぶりのかぎ爪も、今の私を捕まえることはできない。私は氷で足場を作り、ドラゴンの顔まで跳び上がると、

「これならどうよ――氷華！」

氷をまとった一撃を、ドラゴンの眼球に叩きつけた。

グギャアアアアアアア！

苦しそうな悲鳴を上げるドラゴン。

ドラゴンのウロコは、並大抵の攻撃は弾いてしまう。しかし口や眼球など、どうしても脆弱な場所は存在するものだ。私の攻撃は、その急所を的確に貫いた。

作戦は成功。ドラゴンの苦悶に満ちた咆哮を聞いて気が緩んだところで、

「ティア様！　後ろです！」

リナリーの悲鳴のような警告が、耳に届いた。

これほど離れているのに、まるで脳内に直接響いているかのような声。

「――ッ！」

声を届けているのは、リナリーのスキルだろうか？

気配察知だけでなく、離れたメンバー同士での自由な会話まで可能にするとは。

以前リナリーは、自らのことを外れスキル持ちだと言っていたけど、冒険者としてなら彼女のスキルは一線級なのではないだろうか。

迫っていたのは、ドラゴンの尻尾。

攻撃に集中していたせいで、警戒が疎《おろそ》かになっていた？

考えるのは後だ。空中に跳び上がった今、逃げ場はどこにもない。

『アイシクルガード！』

避け切れない。

私は瞬時にそう悟り、衝撃に備えようと必死に氷の盾を展開。

それでも防ぎ切れず、ドラゴンの尻尾が思いっきり私を打ち抜いた。

「ティア様!?」

「――ッ」

声を出せない凄まじい衝撃が、体を襲う。

クエストでモンスターから攻撃を受けたことは数え切れないが、それとは別次元の衝撃が私を襲う。それでも痛みを感じるということは、生きている証拠だ。

遠のく意識を繋《つな》ぎ留めて、どうにか体勢を整えて着地する。

「あ、危なかった……」

どうにか無事に済んだのは、アレスの支援効果が大きい。かけられているのは、氷の防御技の効果を大きく向上させる支援効果だ。

支援魔法専門スキルを手にした者でも、これほどの効果を得ることは難しいだろう。

「エクスポーションを使います。ティア様、どうか無茶はしないで下さい」

「ありがとう、リナリー」

泣きそうな顔でリナリーが駆け寄ってきて、回復アイテムを使った。

アレスが用意していた回復薬だろう。

アレスとアルバスの戦いが、嫌でも視界に入る。【極・神剣使い】のスキルを使って、アレスは自由自在に立ち回っていた。目にもとまらぬ速度で斬りかかるアレスの攻撃をいなし、無詠唱魔法で反撃するアルバス。しかしアレスは不意打ちの魔法すら、剣のひと振りで無効化していた。

まさしく次元が違う戦い。

あの隣に立つには、今の自分はあまりに未熟だけど。

それでも、私だって、いつの日にか――。

「アレス、聞こえる？」

心優しいアレスのことだ。きっと彼は、こちらを気にしながら戦っている。

案の定、一瞬だけアレスと視線が合った。

「防御効果はもう要らない。それより私の攻撃力を上げて欲しい。剣姫スキルの性能を、極限まで上げられるものをお願い」

「防御を捨てるの⁉　そんなの自殺行為だよ！」

「そんなこと分かってる」

ブレスも尻尾の振り払いも、かすっただけで即死する威力だ。

それでも今の私では、ドラゴンを打ち倒すには火力不足。アレスはもっと先で、凄まじい戦いをしている。いつか隣に並ぶために、時間を稼いで助けを待つという選択肢は消えていた。

――このドラゴンは私の獲物だ。

「分かった。ティア、絶対に攻撃は食らわないで。本当は使いたくなかったんだけど……」

「あんな図体《ずうたい》ばかりがでかい相手。攻撃貰う方が難しいわよ」

「ははっ。ドラゴン相手にそこまで大口を叩いた人間は、たぶんティアが初めてだね」

覚悟を決めたようにアレスが呟いた。

「分かった――『特殊効果付与――エンチャント・バーサク剣姫！』」

それは名前からして、凶悪そうな攻撃特化の支援効果だった。

「どんな効果なの？」

「効果は【剣姫】スキルの全性能を六倍にアップする。さらにはＨＰが低いほど威力が増加する——最高ランクの攻撃支援効果だよ」

サラッと口にした効果は、まさしく規格外のひと言。

「え、何そのデタラメな性能!?」

「ただし防御力が０になる。さらには徐々にダメージを受けるスリップダメージ付き。まさしく諸《もろ》刃《は》の剣だよ」

まさにハイリスクでハイリターンな支援効果である。

けれども、どうせドラゴンの一撃を貰ったら即死する現状なら、

「な～んだ。大したデメリットはないのね」

そう言って笑い飛ばす。

相手は格上のドラゴンだ。その程度のリスクを負わずして、どうしようというのか。

「ティア、どうか気を付けて」

「アレスこそ、そんな奴に負けるんじゃないわよ！」

目の前に居るドラゴン。それは相変わらず恐ろしいモンスターではあった。

けれども巨体は、今や恐怖の象徴ではなく乗り越えるべき障壁に過ぎない。

「暗黒竜バハムート！　せっかく復活したところ悪いけど、一瞬で決めさせてもらうわよ!!」

そうして私は、ドラゴンに向かって駆け出すのだった。

【SIDE: アレス】

「そうかい。それなら残念だけど――ここで死んでもらうしかないね」

本当に残念そうに言うアルバス。

そうしてアルバスは、雰囲気を一変させた。

「すべてを虚無に返せ――『虚数領域顕現！』」

凜と声を張り上げるアルバス。

声に応えるように、アルバスを中心に真っ黒な空間が球状に広がっていく。その中では、この世のものとは思えぬ眼球がうごめき、こちらを覗いていた。

何度も相対してきたからこそ分かる。

あれはこの世のものではない。バグだ。

――アルバスは、完全にバグを従えているのだ。

「抗えるものなら抗ってみなよ！」

この世のバグを圧縮したような禍々しい球体。

みるみるサイズを増していき、ついには全長五〇メートルをゆうに超えた。

辺りに漂っているバグを、一か所に集めているのだろう。アルバスの能力は、あまりにも規格外であった。一方の僕は、まだまだスキルが発現したばかり。とても能力を使いこなしているとは言い難い。

あれほどの濃度のバグを、本当にどうにかできるのか？

「何を弱気になってるんだ。ティアだって、僕を信じて必死に戦ってるのに。それなのに、僕が恐れていて、どうするっていうんだ！」

ドラゴンを相手に、ティアは一歩も引かずに果敢に戦っている。

ティアに乞われてかけた支援効果は、まさしく捨て身の攻撃を可能とするものだ。見せつけられたのは、自分の力でドラゴンを倒して道を切り開くという確固たる意思。

「どうにかできるかじゃない。どうにかするんだ！」

バグが形を持った黒球は、空を覆わんばかりに広がり続ける。

その威圧感に押しつぶされそうな心を、僕は必死に鼓舞した。

「向こうが心配かい？　あのままじゃあ、あの子は死ぬよ。でも、そうだなあ。君が僕の仲間になるなら、君の仲間だけは生かしても――」

「お断りだよ」

「なんだと？」

「僕たちを舐めるのも大概にしてよ。リーシャの願いを叶えるためにも、ティアの気持ちを尊重するためにも――僕は君を倒すよ」

ティアを、リナリーを、そしてリーシャの気持ちを。

大災厄を止めようと戦う者たちの覚悟を。

馬鹿にするな、そう思った。

『デバッグ・コンソール』

そうして景色が変わっていく。

この世界はすべて、文字でできていた。

この世界はすべて、数字でできていた。


『null null null null null』

『null null null null null』

『null null null null null』


目の前の黒球は、すべてを呑み込まんとうごめいていた。

バグとは自然現象に近いものだ。普通なら意思を持つようなものではない。

しかしアルバスが、それに指向性《しこうせい》を与えてしまった。アルバスの意思に従い目の前の黒球は、たしかに世界を食らおうと、世界を滅ぼさんと動き出そうとしている。

そんな意思を持つバグに抗うための必要なのは——。

『世界修復！』

「今さら、何をするつもりだ？」

馬鹿にするように言うアルバス。

バグが世界を殺すための力なら、その対になるのは世界を生かす願いだ。

それは世界を生み出した女神の願い。そして歴代デバッガーの祈りそのものであった。

「お兄ちゃん、それはいったい？」

「デバッグ・コンソールに意思を込めたんだ。この世界で生きていたい——この世界を生かしたい。

そんな僕たちの願いを具現化したんだよ」

僕が生み出したのは小さな白い球体。

本来であれば何も力を持たない祈りの残滓《ざんし》だ。

けれどもこれがバグに対抗するための切り札になることを、僕は知っている。

「そんなもので、この力に抗うつもりかい？」

「抗うつもりだよ」

「ふん、それなら試そうじゃないか。世界の滅びを願う僕の気持ちと、君の世界を生かしたいという願い。どちらが強いのか！」

「望むところ。受けて立つよ！」

そうして僕とアルバスは、互いに球体を解き放つ。

純白の光と禍々しい黒が、互いを呑み込もうとぶつかり合った。


【SIDE: ティア】

ドラゴンの攻撃は、喰らっただけで即死する現状。

ならば長期戦を挑むのは当然不利だ。一瞬でカタを付ける必要がある。

ドラゴンが持つメインの攻撃手段は、口元から放たれる凶悪なブレス攻撃だ。間違ってもリナリーたちを巻き込まないように、私はぐるりと回り込み距離を取った。

「アレスのバフ、本当にデタラメな性能ね！」

そうして気が付く。

アレスは剣姫スキルの全性能を六倍にすると言っていた。それは技の攻撃力に限らず、パッシブ

スキルによる効果まで――、

「いつになく体が軽い！　これならドラゴンが相手だって！」

剣姫の戦い方は独特だ。

剣姫スキルはレベルを上げるほどに、攻撃力とスピードにボーナスを得られる。そのため基本的にはスピードで敵を圧倒し、懐に一瞬で飛び込み急所を突くような戦い方をする。

アレスの支援により、私のスピードは飛躍的に高められていた。

ドラゴンの巨大な口に、魔力が集まっていく。凝縮された魔力が、空間を揺るがすように集まっていき一気に放出されたが――、

「遅いっ！」

それこそドラゴンのブレスが、射出されてからでも躱すことができた。

私なんて、かすっただけで蒸発してしまうだろう。けれども落ち着けば、対処できない攻撃ではない。常に細心の注意を払う必要があるが、決して恐れる相手ではない。今は、とにかく前に進むしかないのだから。

絶対に仕留められると確信した一撃だったのだろう。あっさりと躱されたドラゴンは、苛立ったように咆哮を上げた。

「バーサク剣姫、ね。いいじゃない」

流石はアレスだ。実に私好みの支援効果だ。

戦場を駆けながら、私は笑う。

狂ったように戦場を飛び回り、圧倒的な攻撃力で有無を言わさず敵を葬り去る。防御なんて二の

次で、身の守りを捨ててでも敵をねじ伏せる——そんな支援効果だ。それは奇《く》しくも、今の私の気分にピッタリだった。

私の動きは、ドラゴンすら困惑させた。

信じられないことに、私がドラゴンを一方的に翻弄《ほんろう》しているのだ。

自分が圧倒的な強者になったような錯覚すら覚えてしまうが、勘違いしてはいけない。

これはアレスから授かった力だ。

「一気に決めさせてもらうわよ！」

もっとも並外れた支援効果には、それに見合うデメリットも存在する。

今もゴリゴリとＨＰが削れているのだろう。挑むべきは短期決戦だ。

ドラゴンと一定の距離を取りながら、私はその周りをグルグル回り始めた。

常に高速で移動することで、狙いを絞らせないためだ。

絶対の自信を持っているのか、ドラゴンが再びブレスを吐き出した。

「だから遅いのよっ！」

いくらドラゴンと言っても、連続でブレスを放つことなどできない。

私はドラゴンのブレスを回避すると、一気に駆け出した。剣姫スキルの影響で、一瞬でトップスピードまで加速。一瞬でドラゴンの巨体に肉薄《にくはく》する。

たしかにドラゴンと視線が交わった。

「ッ⁉」

ブレスすら撃てない状況で接近を許したドラゴンが浮かべていたのは勝利の確信。

ドラゴンが秘密裏《ひみつり》に発動していた闇属性魔法が、そこで完成する。それは自分の周囲のごくごく狭い範囲を攻撃するものだったが、その威力はまさに一撃必殺。まんまと効果範囲に誘い出されてしまった形だ。

今度こそ勝ち誇ったように咆哮を上げるドラゴンだったが、

「分かってるのよ。あんたが、何か仕掛けようとしていたことは!!　天空翔!」

空高く跳び上がり、間一髪で難を逃れる。

次の攻撃に繋げるための高速移動技は、当然のようにいつもの六倍の性能を発揮する。空中に打ち出されたような感覚を味わいながら、私は自分でも信じられないようなスピードで空を舞う。

回避不能のはずのドラゴンの魔法は、空振りに終わる。

あまりに予想外だったのだろう。ドラゴンは、私のことを見失ったようだ。

この一瞬の隙を逃さぬため、

『アイス・シールド!』

私は空中に足場を作り、力強く蹴り出す。

跳び上がった勢いそのままに反転し、さらに加速しながらドラゴンの元に飛び降りる。

「遅いっ!」

ドラゴンが再びブレスの準備を始める。

今度こそ回避は不可能。ならば私にできることは、この一撃を何より速く叩き込むことのみ。何よりも速く。この一撃にすべてを懸ける覚悟で――。

「氷華・乱舞!」

まるでスキルがささやきかけてくるようだった。

本能に従い土壇場で繰り出したのは新スキル。それは【剣姫】スキルの中でも、最上位スキルの一つ。氷でできた冷徹な華が、ドラゴンを覆いつくすように咲き乱れた。

やがて氷の華が消えていくと同時に、
グオオオオォォォ……

おぞましい咆哮と共に、パタリとドラゴンが倒れ込んだ。

「どうにか、なったの?」

あまりの激闘。

いまだに実感がなく、私は呆然と倒れ伏すドラゴンを見守ることしかできなかった。


【実績開放】称号「ドラゴンスレイヤー」を獲得

実感のない私を祝福するように。

頭の中に直接、不思議な声が響いた。

◆ドラゴンスレイヤー

ドラゴンを討伐した者に送られる称号

ドラゴンはもう、ピクリとも動かない。

「やった。やったんだ――」

途端に力が抜けてしまい、私はぺたりとその場に座り込んでしまった。

そしてアレスの方を見る。彼が向き合うのは、大災厄を引き起こしたすべての元凶だ。私の戦闘とは比べ物にならない人智を超えた争い。

とても、とても悔しいけれど。

今の私では、ここが精一杯。まだ隣に立つことはできないけれど、

「アレス、後は頼んだわよ」

祈るように呟きながら、私はアレスの戦いを見守るのだった。


【SIDE: アレス】

「ふん、それなら試そうじゃないか。僕が世界の滅びを願う思いと、君が世界を生かしたいと思う気持ち。どちらが強いのか！」

「受けて立つよ！」

そうして僕とアルバスは、互いに球体を解き放つ。

純白の光と、禍々しい黒が互いを呑み込もうとぶつかり合った。

「お、押されてる!?」

「当たり前だ。ノウノウと生きてる人間に復讐するため――僕はこの日のために、生きてきたんだから！」

アルバスが狂気じみた顔で叫ぶ。

その言葉に呼応するように、アルバスに付き従うバグが勢いを増した。

アルバスが世界を憎む気持ち。それが世界を滅ぼさんとするバグと呼応して、無限のエネルギーを得ていく。

「嘘よ！　師匠は優しかった。師匠が本当に願っているのは、人間への復讐なんかじゃない。ましてや世界の滅びな訳がない！　魔族と人間が共に生きられる場所が――ただ静かに生きられる場所を、欲していただけよ！」

「知ったようなことを言うな！」

リーシャが、必死に声を届けようとする。

しかしアルバスは、苦しそうな声で怒鳴り返した。その言葉はアルバスには届かない。否、届いた上で耳をふさいでいるのか。

「お兄ちゃん、頑張って。師匠を止めて――バグになんか負けないで！」

そうしてリーシャは、両手を合わせて目を閉じた。

ただその気持ちが師匠に届くことを信じて。アルバスの復讐を止めてくれることを願って。

――それは前世のデバッガーの祈りだった。

たとえスキルという形でこの世界には現れずとも、そこに込められた祈りは何よりも尊《とうと》いもの。

「どういうことだ？　何故、そんなもので僕と渡り合える!?」

「世界修復は、すべての祈りを取り込めるんだ。歴代のデバッガーの願いそのもので――リーシャが君を止めたいという願いも。みんなの気持ちを背負ってるんだ。負ける訳にはいかない！」

ティアの祈りを感じる。

共に大災厄に立ち向かっている人々の願いが力に変わる。

こんなところで終わりたくない、という人々の強い意思を感じる。

その願いは、世界を滅ぼしたいという願いよりも強く――。

「何故だ。この周辺のすべてのバグを取り込んだんだぞ。どうして押されるんだ!!」

徐々に押し返されていく黒い球体。抗議するように、ざわざわと黒がうごめいた。

バグを使って世界を滅ぼそうとしているアルバス。

肝心の本人が心を乱して、バグを制御できていないのだ。

「きっとリーシャの言う通りなんだよ。初代のデバッガーに選ばれるほどなんだ。君はきっと誰よりも世界を愛して、バグが世界からなくなることを願っていた」

「黙れ！　そんなことはない！　僕は、僕は――！」

「そんな君が、バグと手を組んでしまった理由。僕には想像することもできないけど……。それでも本心では、世界を滅ぼすことなんて願ってなかった」

「そんなことはない！　黙れ、黙れえええ！」

アルバスの気迫と反比例するように。

すべてを呑み込まんとする黒は、勢いを失っていく。

対して純白の光は、みるみるうちにバグを駆逐し世界の歪みを修復していく。

「いけえええ！」

操るのは互いに、この世の外側の法則。

最終的には、意思と意思のぶつかり合い。せめぎ合いは長くは続かなかった。

――拍子抜けするほど、あっさりと。

僕たちの『世界修復』は、アルバスごと『虚数領域』を食らいつくした。


すべての力を使い果たしたのだろう。

世界修復に呑み込まれたアルバスは、バタリと仰向《あおむ》けに倒れ込んだ。

アルバス自身はバグではない。バグを消し去ることのみを願った攻撃は、彼を消し去ることはなかったのだ。

そんなアルバスに、リーシャが険しい顔で駆け寄った。

「師匠――いいえ、アルバス。誓って。もう二度とこんなことはしないって」

「おいおい、リーシャは甘ちゃんだなあ。僕はバグを潰《つぶ》すデバッガーでありながら、バグと手を取って世界を滅ぼそうとしたんだぞ」

空虚な笑みを浮かべるアルバス。

このまま止めを刺して欲しいと。もう疲れた、とアルバスはそんなことを言った。

「許されるはずがない。おまえもそう思うよな？」

「……当たり前だよ」

大災厄なんて前代未聞の事態を引き起こし、世界の滅びを願う存在だ。

さらにはこうして、リーシャを悲しませる存在。

「ねえ、アルバス。君の本当の願いは――」

「ああ、そいつの言う通りだよ。見ての通りだ。俺は人間とモンスターのハーフ――どこにも居場所なんてなかった」

ちょんちょん、とアルバスは自らの角を指さす。

普段はフードで隠されたそれは、人間にとっては恐怖の象徴に他ならない。

静かに生きたいと願っても、それを許されない生まれ持っての呪いだ。

「それでいて、何故かデバッガーなんて役柄に選ばれてな。女神のクソ野郎からは、永遠の命まで授かった。……ありがたすぎて涙が出るね」

「アルバス――」

デバッガーとして、永遠に世界のバグと戦い続けろということか。

「それでも後輩もできた。最初は誰かに必要とされると思うと、嬉しかった訳よ」

どこにも居場所はなくても。感謝されなくても、それでもいいと。

アルバスは、ただ世界を守るためにバグと戦い続けたのだ。彼はそれでも世界を愛していたのだ。

それが歪んでしまったのは――、

「だけどなあ……。バグはあまりに強大なんだよ。あれは世界そのものを、必ず覆いつくすバケモノなんだよ。人間が抗えるようなものじゃないんだ。何人も弟子が呑み込まれて、それでも戦い続けることなんて――」

「アルバス……。そんなことが――」

アルバスは何を見てきたのだろう。

デバッガーの能力に、僕が目覚めたのは最近だ。僕では、彼の絶望を想像することはできない。

「そうして弟子を失って命からがら逃げた先で、いったい何があったと思う？」

「……」

「俺を匿《かくま》っていた町に、兵士が攻め込んできたんだよ。たちの悪い貴族の私兵さ。あいつらは、モンスターと共存できないか模索する変わり者の集まりだった」

――いい奴ら、だったんだけどなあ……。

ぼやくようにアルバス。

それを見た時、彼はデバッガーの力をフル活用したという。襲いくる兵士たちを皆殺しにした。

それでも助けることは叶わなかった。

復讐は果たされた。それでもやりきれない気持ちが残り――、

「俺たちはただ静かに生きたかっただけだ。それの何が悪い？」

誰よりも世界を愛し、こっぴどく裏切られ続けた初代デバッガー。

天を仰ぎながら、彼はただ悲しそうに微笑んだ。

「悪いとは思わないよ。それでも――」

「お兄ちゃん？」

すがるようなリーシャの瞳。

師匠であったアルバスも、リーシャにとっては大切な存在なのだ。

勝手に諦め、勝手に復讐を企み、勝手に満足して死のうというのか。大切な弟子であるはずのリーシャに、こんなに悲しそうな顔をさせながら？

――ふざけるなと思った。

別に僕は崇高《すうこう》な使命に従って、デバッガーになった訳ではない。すべては自分の夢のためだ。世界を守るために誰かの大切な人に止めを刺すなんてできるはずないじゃないか。

「アルバス、見てなよ。僕はすべてのバグを叩きつぶすよ」

「そんなこと、できる訳が――」

「やるよ。だってそう決めたから」

世界の果て。リーシャとの約束。

アルバスのようにそのために生きてきた人の願い。

――色々なことを知ってしまったから。

「アルバス、君も真っ直ぐに目指すべき場所を目指せばいい。もちろんそれが僕の道とぶつかるなら、今度こそ容赦しないけど」

「目指すべき場所か……」

人間とモンスターのハーフ。アルバスの抱える問題は大きい。

それでも本当の願いから目を背けて、世界を滅ぼさんと復讐心に身をゆだねるよりは明るい未来が待っている。そう思うのは、僕のエゴだろうか。

「ふん、言うじゃないか。デバッガーに成りたての素人が！」

空虚な笑みを浮かべていたアルバスが、くっくっと声を出して笑った。

そうして身を起こし、こちらを睨みつける。

「そこまで言うなら、見ていてやるよ。バグの強大さと、何も報われない空虚さを知った時、おまえが何を思うのか——その時を楽しみにしてるよ。どんな反応をするかをな！」

「アルバス……」

「——悪かったな、こんな師匠で」

アルバスは、リーシャとは視線を合わせようとはしない。

去り際にただ一言、言葉を交わすのみ。それでもリーシャは満足そうな笑みを浮かべて、歩み去っていくアルバスを見送るのだった。

◆◇◆◇◆

大災厄との戦いの一部始終。

そのすべてを見届け、ゴーマンが僕の方に歩いてくる。

「なあ、アニキ。アニキが得た力は、いったいなんなんだ？」

僕のスキルが、自らのスキルより優秀であること。

それを認めることは、自らのアイデンティティを手放すことと同義だ。それでもゴーマンは見たものを、ありのままを受け入れようとしていた。

「このスキルは、歴代デバッガーの——世界を守りたいと願って戦ってきた人たちの、願いの結晶だよ」

　このスキルは世界に干渉して自在に操るスキルである。

　でもその本質は女神の祈り。歴代のデバッガーたちが繋いできた世界を守りたいという願いなのだと思う。僕がアルバスを上回ったのは、そういう部分なのだから。

「そうか。アニキにとっては、もうそっちの方が大切なんだな」

　ゴーマンはしみじみと呟く。

「なあ、アニキ。アニキは俺のことを憎んでないのか？」

「それ、今さら僕が答える意味ある？」

　――恨んでいるか？

　気にしていないと言えば、嘘になる。

　かといって憎んでいると言うのも、しっくりこないのだ。

　僕にとって、過去は過去でしかない。今では実家を追放されたことは、僕の中で世界を旅するきっかけに過ぎないものになっていた。冒険者になった後の日々が、あまりに輝いていたからだ。

「ゴーマン。僕がどう思ってたとしても、君がやることは何も変わらないよ」

「ああ、嫌になるぐらいその通りだ。アニキのそういうサッパリしたところ――やっぱり嫌いだぜ。絶対に敵わねえからな」

　まるで憑《つ》き物が落ちたようにゴーマンが呟く。

「なあ、アニキ？　やっぱり戻ってこないか？　アニキが出ていって痛感したよ。屋敷の連中が俺を見る目――悔しいけど、俺はアニキには成り代われねえよ」

　いつになく弱気な言葉。僕が出ていった後、屋敷で何があったのだろう？

「アレス。おまえの周りには、いつだって人が自然と集まってる。外れスキルを授かってすべてを失ったと思っても、気が付けばアニキはすべてを持っていた。一方で俺は、超レアスキルを手に入れてもこのザマだ。好き放題してすべてに見捨てられ――気が付けばすべてを失った。今なら分かるんだ。俺は、領主なんて器じゃねえよ」

「いつになく弱気なことを言うね」

思わず僕は、ゴーマンの言葉を遮《さえぎ》っていた。

「すべてを失った、だって？」

「だって、そうだろう？　すべての期待を裏切って、こんな失態までさらしてさ。俺は誰からも見捨てられたんだ」

今になって後悔しているのだろうか？

やったことは決してなくならない。すべてを背負って、その先に進んでいくしかないというのに。

「それこそ、ふざけないでよ」

「アニキ……？」

ゴーマンが手にしたスキルは、極めてレアなスキルに違いない。

今まで何もしてこなかったなら、そこには無限の可能性が秘められている。どうして何もせずに、そんなことを言えるのか。誰からも見捨てられたと諦めるには、まだ早いはずだ。

「君がスキルを手にした時、寄せられた期待は本物だよ。そのスキルには、まだまだ可能性がある――見たことのない世界が広がってるんだ。期待を裏切ったと思うなら、死に物狂いで取り返せばいい。違う？」

ゴーマンは目を見開く。

「そんなことできる訳が……」

「少なくとも、僕は期待してるよ。君が、僕の知らない【極・神剣使い】の姿をいつの日にか見せてくれるってね」

スキルの可能性を伝えたくて、僕は決闘の場であえて技を使ってみせた。それが彼の進む未来の導きとなることを願って。

「何を言ってるんだ？　アニキはとっくに極めてるだろう？」

「スキルを極めるってのは、そんなに簡単なことじゃないよ」

一生かけても機能を十全に引き出すことは困難。

それが神託の儀で与えられるスキルなのだ。

「それに師匠はゴーマンのことを、絶対に見捨てない。稽古に出てこない君のことを、いつも気にかけてた。やる気のある相手なら、どんな人でも導こうとする人だから」

厳しくも優しかった師匠。

ゴーマンが領主に相応しくありたいと本気で願ったら、きっと本気で向き合ってくれるはずだ。

「僕はこれから、ギルドに報告に行く。だから——ここで解散だ」

「ああ」

まだ何か言いたそうなゴーマン。

その瞳の迷いは、いまだに大きい。そんな迷いを抱えるぐらいなら、

「ゴーマン、過去を悔やむぐらいなら——そんな暇があるのなら、少しでも前に進んで欲しい。そ

れが手にした者の義務だよ」

次期領主の座。結果的に、ゴーマンは望むものを手に入れはした。

そこから先は茨《いばら》の道だろうけど。そこから先どうなるかは、ゴーマン次第だ。

「ああ。まったく――本当に、アニキには敵わねえな。でも俺だって極・スキル持ちだ。やっぱり領主に相応しいのは俺だったと認めさせてやる。次に会った時は、あんな邪法に頼らなくてもいいぐらいに強くなる。正々堂々、ぶっ倒してやるさ」

「うん、今はそれでいい。次会う時を楽しみにしてるよ」

今はそれが聞けただけでも安心だった。

そうして僕はゴーマンと別れ、ティアたちと共に冒険者ギルドに戻るのだった。

◆◇◆◇◆

冒険者ギルドに戻った僕たちの周りに、あっという間に冒険者たちが集まっていた。

共に大災厄に挑むために、世界各地から集まった冒険者たちだ。

「アレスさん！　よくぞご無事で――」

「アンデッドの群れが突如として消えたからな。もしかするとアレスさんたちがやってくれたのかと思って、急いで戻ってきたんだ！」

そう感動したように言うのは、先頭に立つロレーヌさんだ。

アンデッドの群れを迎え撃った冒険者たちの負担は、大きかったはずだ。しかし疲労はあれど、街を守り抜いた彼らの表情は明るかった。

「ローヌさん、それに集まって下さった冒険者の皆さんも。この街が大災厄という危機を無事に乗り越えられたのは皆さんのおかげです」

「おいおい！　大災厄から街を救った英雄が、そうやって頭を下げるもんじゃゃねえ！」

「今日は思いっきり飲むぞ！　英雄様から話を聞く格好の機会だ！」

達成感に満ち溢れた冒険者の面々。

冒険者たちは、基本的に祭りが好きだ。誰かがお酒を持ち込んだのだろう。さらには上機嫌な商人も、空気に当てられ秘蔵の酒を取り出す。

瞬く間に冒険者ギルドが宴会会場と化そうとしたところで、

「こんのクソ忙しい時に、宴会なんてやる気⁉　冗談でしょう。外でやってちょうだい！」

騒動の後始末に追われるアリスさんが、ついにブチギレた。

普段はニコニコと愛想のいい受付嬢。反面、怒らせると誰より怖いのも誰もが知っている。

「大変そうですね……」

「ええ。でもこれも、皆さんがこの街を守って下さったからこそ。そう分かってるんですけど。はぁ……」

これから報告書にまとめるだけでもひと苦労だ、とため息をつくアリスさん。

「アレスさん！　バハムートを倒した英雄譚《えいゆうたん》。どうかこちらに来て聞かせて下さい。やっぱり、英雄が居ないと始まりません！」

「アレスさん、行って下さい。ここからは私たちの仕事ですから」

そう言ってアリスさんは、にこりと微笑んだ。

それから向かったのは、宴会会場と化した食事処《どころ》。

今日は特別な日だからと冒険者たちを快く迎え入れたばかりか、特別なお酒を惜しみなく提供してくれた。まあ僕たちの中に、お酒を飲める人は居ないのだけど。

「え、それじゃあバハムートを倒したのは、ティアちゃんなのかい!?」

「ええっと、はい。ドラゴンスレイヤーの称号も手に入りました。でも大災厄を引き起こした黒幕は別に居ます。バハムートは、そのおまけで……」

「いやいや。バハムートがおまけって!?」

驚きの声を受け流し、ティアは静かに首を横に振る。

「ティアも無茶するよ」

「あの場でバハムートを止められたのは私だけでしょう？（それに、アレスが見ていてくれたし……。あそこで頑張らないで、いつ頑張るのよ）」

「そうだけど。防御は要らないから、攻撃力が欲しいって。ドラゴンを相手にして『図体ばかりがでかい相手から、攻撃貰う方が難しいわよ』なんて言い放ったのは、後にも先にもティアぐらいだよね！」

「そ、それは無我夢中で！　いいじゃない、勝てたんだから！」

真っ赤になってティアが口ごもる。

この日、ティアが語った戦いの様子は、時に脚色されながら吟遊詩人《ぎんゆうしじん》に語り継がれる定番のお話となっていくのだが、それはまた別のお話。

「ドラゴンスレイヤーのティアと、神殺しのアレスか！」

「めでたいな！　こうも短期間に称号持ちの冒険者が、二人も現れるなんて！」

称号持ち。それは冒険者にとっては、憧れの一つであった。

「なんてお似合いなんだ!!」

「いいなあ。俺もこの街に引っ越して、拠点にしようかな……」

「いやいや、そうもドラゴンや邪神と戦う機会があってたまりますかい！」

冒険者たちのテンションは、底なしに上がり続ける。引っ張られてティアも、楽しそうに戦いの様子を振り返る。

一方、リーシャは眠たそうに目をこすり、そのうち船を漕《こ》ぎ始めた。

そうして夜は更けていく。


「ちょっと、アレス。聞いてるの？　私、バハムートだって倒せるようになったのよ。もう置いていこうなんて、しないわよね？」

「も、もちろん」

「そう言いながらアレスは何かあったら、私を置いていくんだ～」

世の中には空気だけで酔える人が居る。

そしてティアは酔うと、存外に面倒くさい少女だった。

「知ってるんだから！　でも、そんなことは許さないわ。何があっても、地の底までも追いかけてやるんだから！」

「ティア、もしかして酔ってる……？」

「酔ってない～！」

くわっと目を見開くティア。

「ヒューヒュー、痴話喧嘩《ちわげんか》かい？」

「若々しくていいねえ！」

「アレスさんは、ティアちゃんを大事にしないといけないよ」

無責任に煽《あお》って、バタバタと酔いつぶれていく冒険者たち。気が付けば酔いつぶれた冒険者が死体のように転がる地獄絵図が完成した。

「ちょっと、アレス。聞いてるの？　だいたい、あなたはいつも——」

「ティア～！　そろそろ正気に戻って～」

一方のティアは、どこまでもマイペース。

「あ、私はお手伝いしてきますね。頑張って下さい、アレス様！」

「すぴー、すぴー」

リナリーに助けを求めるが、彼女はそっと目を逸らし厨房《ちゅうぼう》に向かってしまった。

一方、安らかに寝息を立てているのはリーシャ。

周りの冒険者たちも、面白がってはやしたてるのみ。

その日、宴会会場を訪れる者は後を絶たず、賑やかな夜はいつまでも続いていった。

◆◇◆◇◆

大災厄から数日が経った。

各地から集まっていた冒険者たちも元の拠点に戻り、街はすっかり平穏を取り戻している。ふらりと冒険者ギルドを訪れると、アリスさんが興奮した様子で声をかけてきた。

「アレスさん！　王城から使いの者が来ましてね。このたびの大災厄での活躍について、国王陛下が是非とも直接会って礼がしたいとおっしゃっています！」

「え……？　冗談だよね？」

「冗談なんかではありません。未曾有《みぞう》の災厄が起こり、街一つが滅ぼされるかどうかの瀬戸際だったんです。当然かと！」

当然なはずがないよね？

困った僕はパーティメンバーを見るが、ティアはうんうんと頷いているし、リナリーはどこか誇らしげな顔をしている。一方、リーシャは、ピンと来ない様子で首を傾げていた。

「は、はあ……。分かりました。まずは面会を申し込んで――しばらくは、この街には戻ってこれませんね」

「何を言ってるんですか、アレスさん！　すでに迎えの馬車が来てますよ。天下の大英雄を迎えるためです。どんな予定よりも優先すると、国王陛下はおっしゃっていますよ！」

当たり前だが、国王陛下は忙しい人だ。そんなにホイホイ会える人ではないと思うけど……。

そう思った僕の予想を余所に、アリスさんの言葉は本当であった。

町の入り口で馬車が待機しており、僕たちは瞬く間に王城に連れていかれたのだった。

王城に到着した僕たちは、そのまま立派な客室に通された。

立派なシャンデリアが飾られ、部屋にはセンスの良い調度品が並べられている。上流階級の貴族が泊まることも想定された豪華な客室であった。

「ねえ、ティア。誰かと間違われてない？」

「なんでそうなるのよ？　アレスは大災厄から街を守り抜いた英雄よ。堂々としてましょう」

そわそわ落ち着かない僕に、ティアは呆れたようにそう答えた。

「ティア、なんだか慣れてる？」

「そんな訳ないでしょ！」

何か壊したら弁償させられるのかしら、と恐る恐る部屋を歩くティア。

そんな僕たちの様子をものともせず、

「わーい！　お兄ちゃん、ベッドふかふかだね！」

リーシャは、ベッドの上で無邪気に跳ね回る。

「はしゃいで部屋の中の物壊さないでね!?」

「はーい！　お姉ちゃん、枕投げしよう！」

「冗談でもやめてね!?」

部屋を整えてくれた使用人には悪いけど、普段泊まっている狭い安宿の方がよほど落ち着く。

緊張感に包まれながら、僕たちは王城で一夜を過ごすのだった。

そうして翌日。

僕たちは、謁見《えっけん》の間に通された。貴族の重鎮《じゅうちん》がずらりと並んでおり、緊張感が漂っている。

その中心に居るのは、白ひげを生やした厳しい顔つきの老人だった。

「どうか楽にしてくれ」

「はっ」

国王陛下は、鷹揚《おうよう》にそう言い放つ。

僕が顔を上げると、国王の傍に居る少女とばっちりと視線が合ってしまった。

間違いない。遠目でしか見たことはないが、こちらをじーっと覗き込むおてんばそうな少女は、こう見えてこの国の王女――リディル王女殿下であった。

「よくぞ来てくれた、アレス・アーヴィン殿。国でも察知していなかった未曾有の危機を、よくぞ無事に収めてくれた」

「ありがたきお言葉です。ですが今の僕は、アーヴィン家の者ではありません。ただのアレスとお呼び下さい」

「なるほど。そうだったな……」

アーヴィン家の追放騒動。

国王の元にもしっかりと、その情報は届いていたらしい。

「ねえ、アレスさんはどうやって大災厄を予知したの？」

そんな沈黙を破るように、少女の声が響いた。

声の主はリディル王女。幼い目をきらめかせ、まさしく興味津々といった様子。

「わた――じゃない。王家お抱えの聖女の予知夢にも、欠片も出てこなかった未知の大災厄！　アレスさんのパーティに、強力な予知能力者が居るの？」

「すいません、答えられません」

「む～。王女の私が聞いても駄目なの？」

「これこれ、リディル。あまりアレス殿を困らせるでない」

国王にたしなめられて、リディル王女は渋々と引き下がる。

大災厄は人為的に引き起こされたものだ。あまり深掘りされると、僕の能力についても話さないといけなくなる。内心で冷や汗をかきつつ、僕はなんでもありませんという顔を作り出す。

「バハムートの襲来に、アンデッドの群れの襲撃。そなたが居なければ、ティバレーの街は今頃地図から消えていただろう。本当によくやってくれた」

「僕だけの力ではありません。ここに居るパーティメンバーや、共に事態に当たってくれた冒険者たちの協力があってこそです」

本心からの言葉だったが、国王陛下は意外そうな顔をした。

「謙遜《けんそん》は要らない。街ではアレス殿を英雄だと呼ぶ声も多いそうじゃないか。本当に良くやってくれた」

「勿体ないお言葉です」

「此度《こたび》の件、我が国からも褒章《ほうしょう》を出そうと思う。金銀財宝でも……そうだな。新たな領地を用意することも可能だ。望むのならなんでも与えよう」

「そのような特別扱い、身に余ります。とても受け取れませんよ」

一介の冒険者にかけられる言葉とは思えない。領地を与える――それは、新たに貴族位を授けると言っているに等しい。まさしく破格の申し出であった。

「功績には報いねばなるまい。アレス殿の功績は、それほどのものなのだよ」

父上が聞けば、さぞかし目を輝かせただろう。これ以上ないほどガッツリと王家とのコネができるのだから。

しかし僕は、今さら貴族社会に戻りたいとは思わなかった。今のメンバーで気ままな旅を続けた方が絶対に楽しいし、余計なしがらみはむしろ邪魔だ。

――かといってそれをそのまま口にしたら、失礼かもしれないな……。

言葉を選ぶ僕の様子を見たのか、

「なるほど、何も未練はないと言うのだな。だとしても冒険者をする上で、お金などいくら持っていても損はないだろうに」

「それも少し違うと思ったんです」

冒険者としてできる限り自分の力でやっていきたい、と思ったのだ。

「なるほど。夢を叶えるのは、あくまで自分の力で――そういうことか」

国王は感心したように、そう呟いた。

「わがまま言ってすいません」

「良い。困らせるのは本意ではないからな」

国王はひげをかきながら、あっさりと引き下がった。

「アレス殿、困ったことがあれば、なんでも遠慮なく頼ってくれたまえ。できる限りの便宜は図ろう」

国王の温かい言葉に見送られ、僕たちは王城を後にした。

【SIDE: アーヴィン家】

アーヴィン家の執務室で、一人の男がくたびれた顔でため息をついていた。

その男の名は、ピザン・アーヴィン——アレスの父でアーヴィン家の領主であった。

「どうして、こんなことになったのだ」

悩みのタネは尽きない。

すべての誤算は、神託の儀でアレスが外れスキルを授かったことから始まった。神官の言うことをすべて鵜《う》呑《の》みにして、ろくに調べず早々に追放を言い渡したのだ。アーヴィン家のメンツのためにも、家から外れスキル持ちが現れたなどという事実はあってはならないのだから。

結果としては、それが大失敗だった。

「冒険者が散々手こずったカオス・スパイダーの変異種を、アレスのパーティが単独で撃破した!?」

「洞窟に現れた邪神を単独で撃破して、〝称号持ち〟の冒険者になった!?」

追放を言い渡した後に入ってくるのは、耳を疑うようなアレスの活躍だった。

アレスの名声が高まるにつれて、アーヴィン家には疑いの目が向いた。あれほどの冒険者が、まさか外れスキル持ちのはずがない。その真価を見抜けなかったのではないのかと。

「おい！　アレスの奴は、ほんとうに外れスキル持ちだったんだろうな――！」

儀式を担当した神官を問い詰めようとしたが、とっくに行方をくらませていた。

途方に暮れるとは、このことだった。


次期領主となるはずのゴーマンの態度も、ひどいものだった。

いずれは領主としての自覚が出てくるだろうと期待したが、現実はその逆だ。レアスキルを手にしたゴーマンは、これ以上ないほどに舞い上がった。世界が自分を中心に回っているとばかりに、これまで以上に奔放に振る舞っていた。

しかしアレスの婚約者のティアは、ゴーマンを選ばなかった。それどころかお気に入りの専属メイドにすら逃げられ、アレスを相手に決闘騒ぎを引き起こし――、

「ゴーマン！　お前は、なんてことをしてくれたんだ!!」

あっさりと敗北した。

挙げ句の果てに、大災厄の発生。領内で未曾有の大事件が起きたにも関わらず、アーヴィン家は解決どころか、発生を予測することすらできなかった。報告が入った時には、アレスの活躍で解決された後だったのだ。実に間抜けな話である。

アレスは今や街の――否、国にとっても英雄だ。

国王陛下から呼び出され、直々に感謝の言葉を贈られたという。

「どうすればいいのだ……」

ピザンの頭を悩ませていたのは、国王からの招待状だった。

アーヴィン家は、辺境の守りを任されているだけの小さな貴族だ。以前なら「中央の権力者と繋がりを作るチャンスだ！」と喜び勇んで王城に向かっただろう。

しかし今の状況を考えると、これが喜ばしい知らせのはずがない。


時は待ってくれない。

瞬く間に指定された日になり、アーヴィン家の領主であるピザンは王城に向かう。

玉座の間に座る国王陛下は不思議そうに、

「アーヴィン家の跡取りは、ゴーマンであったな？　姿が見えないようであるが……」

「はっ。彼には謹慎《きんしん》を言い渡しています。当分は、家でおとなしくしているかと」

決闘騒ぎを起こしたことは、アーヴィン家の本望ではない。ゴーマンに厳しい罰を与える姿勢を示す必要があった。

「ピザン・アーヴィン。アレスを追放したのは、彼が外れスキルを手にしたからに相違ないな？」

「……はい」

「しかし本当は、外れスキルなどではない。それどころか、決して替えの利かないユニークスキルであったと。大切に保護しなければならないところを、保身のために追放を言い渡したと。実の息子にも関わらず――」

「すべてはその通りにございます」

「嘆《なげ》かわしいことだ」

そもそも外れスキルだからと追放すること事態が、あまりにも非常識だったのだ。

国王は失望をあらわにした。

「我が娘も、随分とアレス殿を気に入ったようであった。今後は、アーヴィン家との付き合い方は考える必要があるやもしれんな」

ぽつりと呟いた国王の言葉。

それはピザンにとって、死刑宣告のようにも感じられた。

「お待ち下さい！　すぐにでも、アレスの奴を連れ戻しますので」

ピザンはがくがく震えながら、真っ青な顔でアーヴィン家に戻るのだった。

エピローグ

国王陛下に呼び出されてから一週間後。

僕は、ティバレーの街を出発することにした。

「えええ、もう行ってしまわれるのですか⁉」

「はい。大災厄の後始末も終わりましたし、そろそろ出発しようかなと」

「そうですか、寂しくなりますね……」

それでも最初から夢のことを話していたアリスさんは、ついにこの時が来てしまったかと納得の表情を浮かべる。

「私たちにアレスさんたちを止める権利はありません。ここから旅の無事を祈っています。必ず帰ってきて下さいね、必ずですよ！」

「はい、必ず帰ります。土産話《みやげばなし》には期待していて下さいね」

冒険者とは、常に命の危険と隣り合わせの職業だ。その出会いは一期一会《いちごいちえ》。

昨日まで当たり前のように顔を合わせていた同業者が、ある日を境に姿を見せなくなることなど日常茶飯事《にちじょうさはんじ》。まして相手は、辺境に向けて旅立とうという変わり者である。

それでも心配はおくびにも出さず、

「楽しみにしてますね！」

アリスさんはいつものように、とびっきりの笑みを浮かべるのだった。

冒険者の反応も、様々だった。

「そうだよな。アレスさんたちに、こんな小さな街は似合わねえ！」

「わっはっは！　活躍が聞こえてくるのを楽しみにしているぜ？」

昼間っから酒場に入り浸っていた冒険者たちが、楽しそうにはやしたてた。散らかして罰金取られたことも何度かあったはずなのに、懲りない人たちだ。

もっともそんな空気感も、冒険者の醍醐味《だいごみ》ではあった。

そんな中、こちらに向かってくるパーティがあった。ロレーヌさんたちだ。

「もう少しだけ、街に居られないのか？　まだまだ教えられてないこともある。何よりアレスさんたちに、全然恩を返せていないのに――」

「ごめんなさい、決めていたことなんです。冒険者になったからには、世界の果てに辿り着きたい――師匠が叶えられなかった夢を叶えたいって。ずっとそう思っていたんです」

「そうか。険しい道だが、アレスさんらしくとても冒険者らしい――素敵な夢だな」

そう言って、ロレーヌさんは苦笑いした。

「遥か昔、同じ夢を持って魔界に挑んだ冒険者が居たんだ。どれだけ馬鹿にされても、俺こそが人類で初めて世界の果に辿り着くんだと真顔で言う変わり者だったらしくてな」

「すごい冒険者なんですね」

「ああ。私の憧れの冒険者だ。名前はルキウスといってな。きっとアレスさんのように、夢を真っ直ぐ追いかける人だったんだろうな――」

「ルキウスですって！」

突然出てきた名前に驚く僕。もしかすると偶然の一致かもしれないけれど、それでもそんな馬鹿げた夢を広言する人は、

「そ、それきっと僕の師匠です。まさかロレーヌさんが師匠の名前を知ってるなんて……」

「なに、ルキウスの弟子だと!? どうして、それを言ってくれなかったんだ!」

そう言うとクワっと目を見開き、ロレーヌさんはゆさゆさと僕を揺さぶった。

「き、聞かれなかったですし」

「それもそうか。冒険者の中でルキウスの名前を知らない者は居ない。あの御方もまた、多くの冒険者に夢を与えたある種の英雄だからな」

どうやら僕の師匠は、冒険者の間では随分と有名人らしい。

随分とすごい人に剣を教わっていたんだな、と僕は今さらながらに感慨《かんがい》に浸《ひた》る。今の僕があるのは、間違いなく師匠のおかげだった。

「どれだけ夢を見て冒険者になっても、現実はその日を生きていくだけで精一杯。いつしか夢は色褪《あ》せていくものだ。その夢をどうか大切にして欲しい」

「はい、ありがとうございます。ロレーヌさんのこと、僕の恩人としていつか師匠に紹介しますね」

「そ、そんな恐れ多いこと!」

いつもは冷静沈着なロレーヌさんが、ひどく慌てていたのが印象的だった。

師匠、剣を握れば人が変わったようだけど、普段は酒を飲んでいる冴《さ》えないおじさんなんだけどな。憧れは憧れのままで、会わない方がお互いに幸せかな?

そうしてロレーヌさんと別れ、僕はティアたちとの待ち合わせ場所に向かった。

待ち合わせ場所には、すでに三人とも勢揃《せいぞろ》いしていた。

「アレス、遅いっ！　遅刻、一〇分の遅刻よ！（別に楽しみすぎて、ずっと前からそわそわと待ってたりなんてしてないんだから！）」

「ご、ごめん。ついつい話が長引いちゃって……」

口とは裏腹に上機嫌なティアに、

「お兄ちゃん、何してたの？　もしかして、またバグ見つけちゃった？」

「そんなにポコポコとバグがあったらたまらないよ」

目を輝かせるリーシャ。

「アレス様、どこまでもお供します」

「ありがとう、リナリー」

そして優しい微笑みを浮かべるリナリー。


——これまで以上に危険な旅路だろう。

それでも大災厄すら乗り切った頼れる仲間と一緒なら、どんな危機だって乗り越えられる。

そんな根拠のない確信があった。

「ティア、リーシャ、リナリー。改めてこれからもよろしく！」

師匠ですら至れなかった世界の果てでも、きっと僕たちなら辿り着ける。

新たな旅の予感を胸に、僕たちはティバレーの街を出発するのだった。

あとがき

はじめまして、作者のアトハと申します。

この度は拙作《せっさく》「チート・デバッガー」を手に取っていただき、誠にありがとうございます。少しでも楽しんで頂けたなら、作者としてこれ以上の喜びはありません。


私は、ライトノベルが大好きです。

『小説家になろう』というサイトが大好きです。

そんな「なろう」大好き作者は、毎日のように『小説家になろう』で作品を読み漁《あさ》っていました。

異世界転生した主人公が異世界で活躍する話、乙女ゲーム世界に生まれた主人公がどうにかして破滅回避を狙う話、婚約破棄された主人公が新天地で幸せを掴み取る話、追放された主人公が役立たずの評価を覆《くつがえ》して大活躍する話――色々な作品を読み漁って、何を思ったのか自分でも何か書いてみたいと思い立ったのです。

そんな作者により生み出された本作ですが、ありがたいことに多くの読者さんに恵まれて、書籍化のお話を頂き、こうして書籍として発売されることになりました。

人生、何があるのか分からないものです。本当に、ありがとうございます。

ウェブ小説という媒体の特性上、ウェブに投稿するときは一話ごとに読者さんを最大限楽しませるような作りを意識していました。隙間時間に一話だけサラッと読んだときに、今話も面白かったと思って貰えるのが理想型です。

今回、こうして一冊の本になるにあたって、大筋の流れは同じですが、一冊の本としてのまとまりを強化し、読後感がよくなるように調整しています。初めて手に取ったという方はもちろん、ウェブ版を読んでくださった方にも楽しんで頂けると幸いです。

さて、小説のあとがき。

憧れはありましたが、いざ書くとなると非常に悩ましいですね。

なんと！　このあとがき！

四ページもあるんです！

わりと書いたと思ったのですが、まだ半分も埋まっていないという驚愕の事実！

作者がファンタジー世界に住んでいれば、きっと日常を記すだけで心ときめくエピソードになっていくのでしょう。ああ、異世界で冒険者として生きてみたい。

しかし悲しいかな、作者は生粋《きっすい》のインドア日本人。その日常を記したところで、ワクワク感なんて欠片もないことでしょう。

心優しいフリーの神様が、異世界転生させてくれる日を心待ちにしています。

TS転生がいいな！

でも追放も破滅回避も嫌だな！（わがまま）

……閑話休題《かんわきゅうだい》。

やはり本作は初の書籍化作品ということで、本作を執筆した感想などを改めて振り返ってみることにしましょうか。

ウェブへの小説投稿は、最初はどこまでも趣味として始めたものでした。書くのが楽しい、大勢に読まれて嬉しい、という気持ちが中心にありました。それは本作でも変わっていませんが、ちょっとしたきっかけがあり、本作では初めて本気で書籍化を目指して書いていたりもします。

その割に、書籍化の打診を頂いたときは、ものすごく嬉しいというよりは、ひたすらテンパっていた記憶があります。現実感がなく、どこかふわふわしていましたね。

そこからは、まさしく夢のような時間でした。

ウェブ投稿時の文章を小説用に直し（改稿作業）、イラストレーターさんが決まり、キャラクターデザインを指定し、イラストレーターさんに実際に描いて頂く。はじめてキャラクターデザインのラフ画が届いたときの感動は、今でも忘れられません。

自分の作品が様々な人の手を経て、一冊の本になっていくというのを実感しました。

最後になりましたが、謝辞を。

本作を買ってくださった皆さまと、『小説家になろう』で応援して下さった皆さまに、最大限の感謝を申し上げます。今後も面白い物語を提供できればと思いますので、よろしくお願いします。

担当編集のK様、初の書籍化作業で右も左も分からない自分に、手取り足取り教えてくださりありがとうございます。K様の尽力がなければ、こうして一冊の本として世に送り出すことはできませんでした。本当にありがとうございます。

イラストレーターのfame様。素晴らしいイラストをありがとうございます。fame様の描かれる主人公のイラストが大好きです！　本作でも主人公のアレスはものすごく格好良く、そしてヒロインのティアはとても可愛く（そして凛々しく！）描いて頂き感動しました。一つ目の口絵が、特にお気に入りです！

創作仲間にも心よりの感謝を。皆さまとの意見交換や的確なアドバイスがなければ、こうして書籍化に至る事もなかったと断言できます。今後とも、よろしくお願いします。

また本作「コミカライズ」も決定しています。作者も今からとても楽しみです。書籍とは異なるチート・デバッガーの世界を、是非とも見て頂けると嬉しいです。

二〇二一年一〇月　アトハ

BKブックス

外れスキル【チート・デバッガー】の無双譚《バトルログ》

～ワンポチで世界を改変する～

2021年12月20日　初版第一刷発行

著　者　アトハ

イラストレーター　fame《フェーム》

発行人　今 晴美

発行所　株式会社ぶんか社
〒102-8405　東京都千代田区一番町29-6
TEL 03-3222-5150（編集部）
TEL 03-3222-5115（出版営業部）
www.bunkasha.co.jp

装　丁　AFTERGLOW

編　集　株式会社 パルプライド

印刷所　大日本印刷株式会社

ISBN978-4-8211-4612-3